温暖的火车站

张雨荷 ◎ 著

希望出版社

图书在版编目（CIP）数据

温暖的火车站 / 张雨荷著 . — 太原：希望出版社，2020.11
　　ISBN 978-7-5379-8437-9
　　Ⅰ.①温… Ⅱ.①张… Ⅲ.①长篇小说－中国－当代 Ⅳ.① I247.5
　　中国版本图书馆 CIP 数据核字（2020）第 207038 号

温暖的火车站
WENNUAN DE HUOCHEZHAN

张雨荷　著

出 版 人：孟绍勇	策　　划：王　琦
责任编辑：张晓晴	复　　审：宸源雪
终　　审：王　琦	美术编辑：王　蕾
插　　画：杨　智	封面设计：王　蕾
责任印制：刘一新　杨　炜	

出版发行：希望出版社
地　　址：山西省太原市建设南路 21 号
开　　本：880mm×1230mm　1/32　　印　张：6
版　　次：2020 年 11 月第 1 版　　印　次：2020 年 11 月第 1 次印刷
印　　刷：山西新华印业有限公司

书　　号：ISBN 978-7-5379-8437-9　　定　价：25.00 元

目 录

第一章　石门坎火车站

相约火车站 / 3

我把妈妈搞丢了 / 10

遇见好心人 / 20

我要等爸爸妈妈 / 26

第二章　张婆婆的凉开水摊

黄葛树下 / 39

张婆婆的麦粑 / 49

重写寻人启事 / 54

三十三年前的夏天 / 59

第三章　火车站是个大家庭

等待便有希望 / 69

到学校去读书 / 74

黄葛树下很温暖 / 81

张婆婆的家 / 87

第四章　上学也烦恼

张婆婆的秘密 / 97

为什么不想回家 / 104

想看大城市 / 114

温暖可亲的老师 / 120

第五章　渴望快快长大

中秋节快乐 / 131

来凤写的作文 / 138

渴望快快长大 / 144

第六章　温暖的火车站

来凤回家了 / 155

温暖的火车站 / 167

重聚火车站 / 176

寻找张婆婆 / 181

第一章 石门坎火车站

石门坎火车站地处高山峡谷中。阳光洒在峡谷里,把山谷染成了金黄色。铁路旁边是奔流的河水,一群白鹭在河谷间展翅飞翔,这里风景如画……

相约火车站

当火车穿过隧道,带着刺耳的尖叫声驶进开阔地带时,红梅便知道火车快到站了。她激动地从座位上站起来,探头望了望窗外,一下就瞧见了那块写着"石门坎"三个字的火车站牌。火车站牌有些陈旧,泛黄的色彩勾起了红梅的思绪,不过红梅还没来得及多想,火车就在汽笛声中平稳地停了下来。

"石门坎火车站终于到了。"红梅收回思绪,背上书包,下了车,顶着骄阳,快速朝站台右边跑去。

红梅一边跑一边看,本该热闹的火车站,却在阳光下出奇的冷清。这里的一切似乎还和红梅记忆中的一样,但终究还是变了,候车室的房檐塌落,大门紧闭着,露天的两条长木椅变了形,就连旁边那个职工宿舍大院也已不似从前那般光鲜亮丽,除了疯长的野草和从院内伸出来的黄葛树树枝外，什么都没有了。

前方那棵黄葛树依旧枝繁叶茂，充满生机，但黄葛树下却没了张婆婆摆凉开水摊的身影。

"一切都变了。"红梅说着，抬头看了看远处的铁轨。阳光下，青山葱绿，树木茂盛，两条并行的铁轨静静地躺在山谷中。

宽敞的站台上，稀稀拉拉地站着几个等候上车的人，还有几名穿深色制服、等着接火车的乘务人员。这情景与十年前形成了鲜明的对比。十年前，只要有列车进站，站台上就变得人声鼎沸，背着行李的乘客在站台上挤来挤去。可眼下的站台冷冷清清，仿佛已被人们遗忘。

峡谷上飞跨着高铁大桥，红梅在站台上等待的这段时间里，就看见四列高速火车从桥上呼啸而过。因为有了高速火车，在石门坎火车站停靠的绿皮火车，就只剩下这趟5629/5630次往返列车了。红梅乘坐的这趟5630次慢车始发站是遵义西站。为了到石门坎火车站与来凤相见，红梅昨天下午就从贵阳赶到遵义，今天早上再坐这趟慢车到石门坎火车站。

也许再过几年，这趟绿皮火车也会在这条老川黔铁路上消失，到那时，绿皮火车就将成为人们永远的回忆了。

一想到这些，红梅心里就掠过一丝淡淡的忧伤，她的童年回忆里不能没有绿皮火车，也不能没有石门坎火车站。如果缺少了石门坎火车站，缺少了绿皮火车，她的童年就会有很多空白。而她今天要见的来凤妹妹，更是她童年里不可缺少的温暖。

　　此时，来凤妹妹那张圆圆的脸和那双水灵灵的眼睛浮现在她的眼前。十年过去了，现在的来凤妹妹会是什么样子？她还像十年前那样忧伤吗？

　　红梅想着，期待此刻就有火车进站，而火车上刚巧就坐着她日思夜想的来凤妹妹。

　　可是，已经过去三十六分钟了，来凤乘坐的5629次慢车还没有进站，应该是又晚点了。在这条历史悠久的川黔铁路线上，特别是像石门坎火车站这种小站，列车晚点进站已是一种常态。

　　呜——呜——

　　山谷间响起了汽笛声，轰隆隆的声音由远及近，转弯处，火车头已经率先冲进了红梅的视野。

　　一位乘务员叔叔见红梅傻站在站牌下，便挥舞着手里的信号旗招呼她往后退。

　　红梅连忙后退到围墙边，随即瞪大眼睛注视着从列车上下来的每一位乘客。

这趟慢车在石门坎火车站停靠五分钟后，又鸣着汽笛向遵义方向驶去，只留下几名乘客和一群体验绿皮火车的摄影爱好者。摄影爱好者们举着相机，东瞧瞧，西望望，寻找着可以入镜的风景。几名乘客则匆匆走过站台，在不远处的黄葛树下悄悄散去。

难道来凤没有来？红梅猜想着。可是来凤在重庆火车站上车时，给她打过电话的呀。来凤说她身高一米六二，今天穿着白色T恤、深蓝色牛仔裤，还说下午她们就能在石门坎火车站相会了。

红梅从遵义火车站出发，来凤从重庆火车站出发，两趟列车到达石门坎火车站的时间只相差三十分钟。只是红梅乘坐的列车准点到达了石门坎火车站，而来凤乘坐的那趟不知是否准点到达。

火车开走，乘客离开，火车站变得空荡荡的，阳光下，站台上就只有红梅一个人了。红梅有些生气，拨通了来凤的电话，可来凤那头就是不接。

"来凤是不是遇到什么麻烦了？"红梅正想着，被身后忽然传来的声音吓得跳了起来。她转过身，看见一位长发女孩正笑盈盈地站在她面前。

"红梅姐,我是来凤!"来凤喊完咧嘴笑着。

"呀,来凤,马来凤!真的是你啊!"红梅惊喜地大喊,真不敢相信面前这个女孩就是她的来凤妹妹。

"是我呀,就是我呀!红梅姐,我是来凤!"来凤张开双臂拥抱红梅,泪水一下浸润了双眼,"红梅姐,我好想你啊……"

"我也想你。"红梅温柔地说,然后轻轻推开来凤。"快快,快让姐姐好好看看你。"红梅仔细打量着来凤,"你好漂亮,比我想象中还要漂亮。"

"姐姐你也漂亮啊,你那对酒窝还是那样可爱。周叔叔说过,只要看到你的酒窝,他就什么烦恼都没有了。"

"你就是个捣蛋鬼。刚才为什么不接电话?为什么看见我在着急地找你,还要捉弄我?"红梅佯装生气地问。

"我是想给你个惊喜嘛。"来凤吐吐舌头,"要是就这么平平淡淡地相认了,你还怎么把我刻在记忆深处呢?"

"好嘛好嘛,就数你最有理,谁叫我是你姐姐呢!"

"是啊,还是姐姐对我好啊。"来凤笑着,眼睛都笑成了月牙。

"知道我对你好就行。想想啊,我们都十年没见面了。

这十年来,我经常想起我们小时候在石门坎火车站的事。"红梅说,"来凤,我没有想到的是,你去了重庆,我去了贵阳。十年前,咱俩在石门坎火车站相遇,如今又分别在川黔铁路的起点和终点读书,我读大二,你读大一。"

"更巧的是,你学文科,我也学文科。你说我们到底是快乐的亲家,还是鬼见愁的冤家呢?"来凤问。

"都行都行……"红梅说着,牵起来凤的手,和来凤一边走一边聊。她们走出站台,穿过破败的候车室,来到了车站外。

在车站外刚走了几步,来凤就停了下来,她望着阳光下破旧的房屋,不禁红了眼眶。

"十年前,这里就是火车站最热闹的地方,我妈妈天天守着楼下的小超市,楼上的房间就是我们睡觉、做作业的地方。"红梅说着,脑海里浮现出那套两楼一底的红砖楼房,那时他们楼上居家,楼下开超市,不仅方便了过往的乘客,更拥有一个温暖的家。

"都十年没见周叔叔和胡阿姨了,你看,胡阿姨送给我的玉观音,我还一直挂在脖子上呢。这块玉观音是我离开石门坎火车站那天,胡阿姨挂在我脖子上的。她说,等我找到妈妈后,千万别忘了给她打个电话来,可是……"

来凤说话时，声音变得有点哽咽。她再看看四周，以前的小超市没有了，旁边的餐馆也没有了，红砖楼房周边长满了杂草，当年的热闹也已经一去不复返，一切都变得不一样了。

我把妈妈搞丢了

十年前。

石门坎火车站。

一列从重庆方向驶来的列车，鸣着笛，缓缓地停在石门坎火车站。像是和太阳约好似的，火车一停下来，就有淡淡的橙色光晕洒在火车上，让火车在夏日的黄昏里显得格外耀眼。

光晕悄然移动着，也就在转瞬间，车厢门打开，站在车门边的乘务员率先跳下车，然后笔挺地站在车门前，招呼着乘客下车。而此时，等待上车的乘客已在站台上挤成了一团，做好了随时上车的准备。

就在这时，从十六号车厢里冲下来一个小女孩，她大声对乘务员阿姨说了句"阿姨，我要给妈妈买药"，便头也不回地朝站台外跑去。

小女孩穿过候车室，来到外面的坝子，见坝子周围有几家货摊，愣了一下，冲到最近的一家，问："伯伯，你有感冒药吗？我妈妈生病了要吃药，我想买药。"

"没有！"伯伯忙着卖东西，头也不抬地回答。

小女孩又冲到对面的"石门坎小超市"，问："阿姨，你这里有感冒药吗？我妈妈生病了，要吃药。"

阿姨转身看了她一眼，摇着头说："我这里没有。"

"那……你知道哪里有卖吗？"小女孩望着阿姨，急切地问。

阿姨想了想，说："这个火车站都没有卖的，我们这里只有药店才能买到药，这个车站太小了，没有药店。"

"没有药店？"小女孩有点急了，汗水不住地往下落，"那，哪里有药店呢？"

阿姨用手一指："你可以到那边的煤矿去买……"

阿姨话还没有说完，小女孩就跑开了。见小女孩跑得急，阿姨忙冲着她的背影说："煤矿离得很远啊！"小女孩没有听到阿姨说的那句话，她已经跑出了车站。

小女孩看见站台那边的黄葛树下有一个摊子，便冲过去问："婆婆，煤矿的药店是不是从这里去？"

"沿着铁路，往前走。"婆婆指着铁路那边说。

小女孩没有一丝犹豫，拔腿就往婆婆指的方向跑去。

阳光洒在山谷里，把山谷染成了金黄色。

铁路旁边是快乐奔流的河水，河谷间一群白鹭展翅飞翔。虽然这里风景如画，但小女孩却没有心思欣赏，她只想马上买到药，然后拿给妈妈。

小女孩的妈妈在火车上已经呕吐好几次了，同座的叔叔阿姨都说妈妈是感冒了。感冒了就要吃药。她每次感冒，妈妈都要去村里的刘医生那儿买感冒药给她吃。所以，火车一停下来，她就急忙下车去给妈妈买感冒药。

不知跑了多久，小女孩终于跑到了煤矿，她在一排红砖房子前看到了"药店"两个字，便冲上去火急火燎地说："叔叔，我要买感冒药！"

叔叔微笑着问她："小朋友，你家谁生病了？"

"是我妈妈，她感冒了，都呕吐好几次了。"

"是吗？"叔叔一边应答，一边朝门外望了望，"那你妈妈呢？怎么没见你妈妈？"

"她在火车上。我们从重庆回家，妈妈在车上就病了。"小女孩回答。

"你妈妈还在火车上啊？"叔叔一脸惊讶，"你跑来买药，你妈妈知道吗？火车怕是早就开走了。"叔叔边说边从药柜里取下一盒药递给她:"你快点回去吧。"

听了叔叔的话,小女孩有些紧张,她夺过药,把手里的钱扔在柜台上,就朝着来的方向使劲奔跑。她一边跑一边在心里不断地呼喊着妈妈。

终于跑到火车站了,但小女孩傻眼了,停在站台前的火车不见了。

"火车怎么就不见了呢?怎么就不见了呢?妈妈呢?我的妈妈还在火车上呢!她还在生病,没有我她怎么办?上火车时爸爸千叮咛万嘱咐,要我照顾好妈妈,要我一刻也不离开妈妈,可是我……"小女孩看着空旷的铁道,伤心地哭了起来。她奔向站台,奔进候车室,见到乘务人员就问。有个阿姨告诉她,那趟车已经开走快一个小时了。

"我该怎么办啊,我妈妈还在火车上。"小女孩着急得号啕大哭。

"小朋友,你别急,你好好告诉阿姨是怎么一回事,阿姨一定想办法帮助你。"乘务员阿姨说。

"我爸爸在重庆上班。今天早上,我爸爸送我和妈妈到火车站坐车回家,妈妈在火车上生病了,我就下车来给妈妈买药,去那边买的。"小女孩指着铁道的远处说,

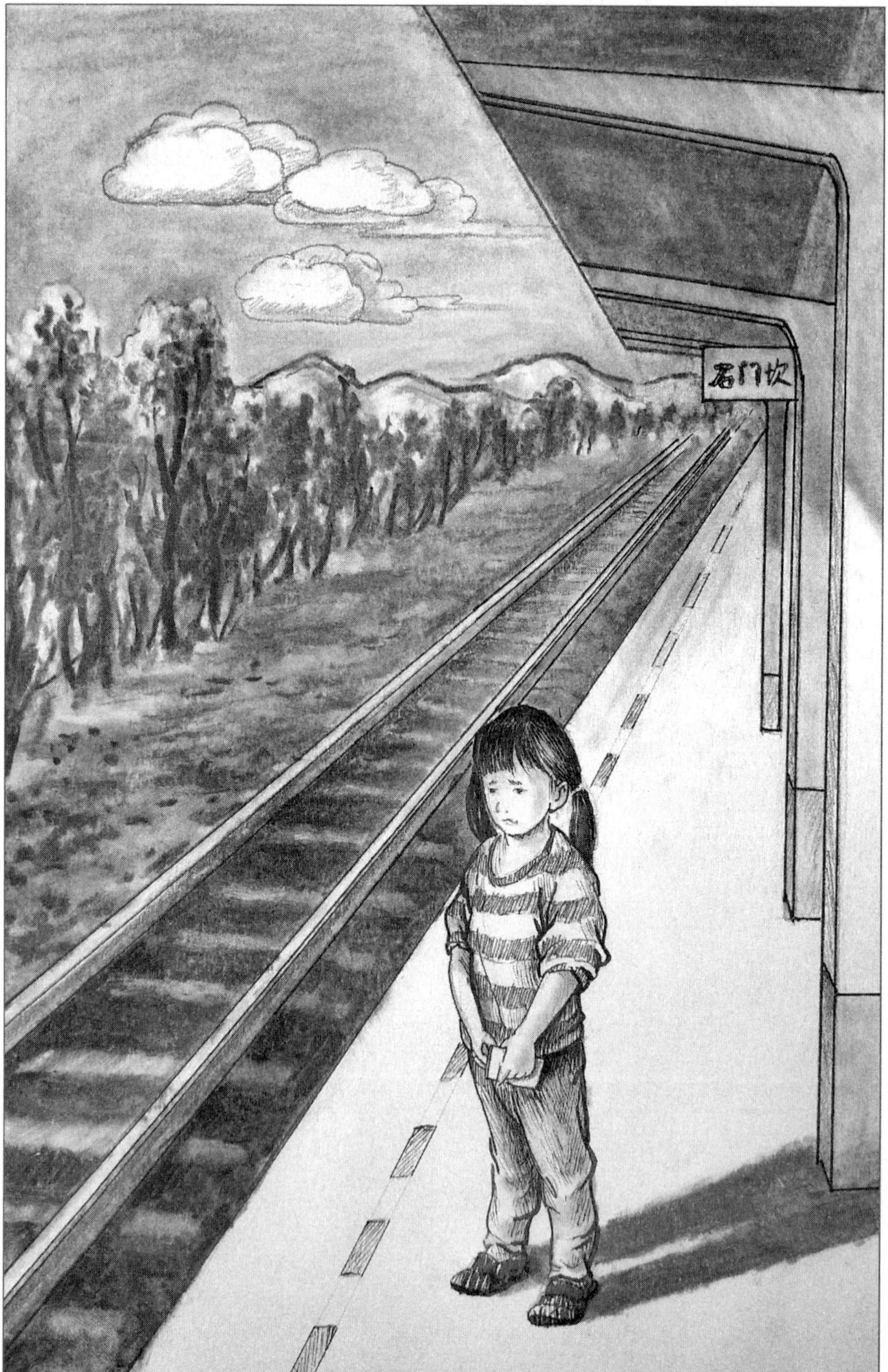
石门坎

"可是等我买药回来，火车就不见了。"

阿姨接过她手里的药，看了看，问："你叫什么名字？你妈妈叫什么名字？"

"我叫来凤，马来凤，我妈妈叫吴勤容。"

阿姨伸手牵过来凤，带她来到车站警务室。

警察叔叔详细询问来凤爸爸妈妈的情况，可是，来凤除了知道爸爸妈妈的名字，知道爸爸在重庆打工，知道她家住在贵阳市羊昌镇同源乡外，其他的就都不知道了，就连爸爸的电话号码她都不知道。

警察叔叔安慰她："小朋友，你放心在这里等吧，我们会尽早联系你的爸爸妈妈，到时候爸爸妈妈就会来接你回家了。"

来凤看着警察叔叔，点点头。她已经明白了，妈妈被她搞丢了。

爸爸说过，妈妈小时候有一次发高烧，因为外婆家住得偏远，家里又穷，到医院山高路远，妈妈没有及时得到医治，脑子被烧出了毛病。现在虽说已经三十多岁了，可是智力还不如来凤。

妈妈会去哪里？要是没有她的照顾，妈妈根本就找不到回家的路。

想着想着，来凤眼前浮现出妈妈孤独、惊恐的眼神，她后悔不该盲目冲下火车，跑那么远去买药。要是妈妈真的丢了，那可怎么办呀？

见来凤愣在那里，警察叔叔又招呼她在木椅上坐下，并叫来了另一位乘务员阿姨。

"王姐，这个小女孩和她妈妈走散了，她妈妈在重庆开往贵阳的火车上，她因为下车买药，错过了火车。你瞧这会儿也晚了，要不你先安排她住下，照顾几天？"

"好。"王阿姨爽快地答应着，叫上来凤跟她一起走。来凤站起身来，怯生生地跟着王阿姨出了门。

"你就是那个买感冒药的姑娘吧？"来凤和王阿姨刚出门，就碰上了另外一位阿姨。还没等王阿姨介绍，来凤已经认出了她，她就是候车室外面小超市里的阿姨，就是她告诉来凤可以到煤矿去买感冒药的。

"胡姐，这小女孩你认识？"王阿姨问她。

"不，不认识。是之前吧，她问过我哪里可以买到感冒药，当时我忙着卖东西，也没有多想，就告诉她铁路那边的煤矿有药店。等我回过神来，她已经跑得很远了，当时我就想，糟了，这小女孩八成是从火车上下来去买药的，这来回要跑差不多一个小时，她怎么能赶上火车！"

胡阿姨很是责怪自己，说话时充满歉意地看着来凤。而此时来凤满脑子都装着妈妈惊恐的样子，两位阿姨说些什么，她根本就没有听进去。

"都怪我啊，当时就不该跟她说。"胡阿姨很后悔，"现在只有麻烦你们和铁路警察去帮她找父母了。"

"胡姐，你别责怪自己了，你也是好心，倒是我们火车站，早就该设置一个药店了。如果火车站有药店，这小女孩就不会……"王阿姨说，"我们会尽快联系上她的父母，这个你就放心好了。"王阿姨说完，牵起来凤就要走。

"小王，你这是带她去哪儿？"胡阿姨忍不住发问。

"先带她到我们宿舍住下，也许明天就能联系上她的父母了。"王阿姨解释。

"这样多不方便哪。"胡阿姨笑了笑，"我是想着吧，让她到我家去住。我家红梅和她差不多大，也好有个伴。我家红梅一个人睡一张大床，多她一个也睡得下。"

王阿姨犹豫着，她看看胡阿姨，又低头看看来凤，来凤赶紧低下了头。

王阿姨穿着一套深蓝色制服，威风凛凛。老师说过，遇到困难就找警察。来凤把王阿姨当成了警察，站在王阿姨面前，她心里有一种敬畏感。

"这样应该可以。"王阿姨见胡阿姨一脸诚恳，说，"这样吧，我请示一下我们站长，听听他的意见。"

"好呀！"胡阿姨有些激动，"那你们快去快回，我就在这儿等你们。"

"要得。"王阿姨点点头，又牵着来凤来到站长办公室。

站长是一位五十岁左右的伯伯，王阿姨汇报情况的时候，站长伯伯一直在瞧来凤，弄得来凤不好意思地低下了头。

"我看这样可以，胡朝先的丈夫虽说是临时工，但也算是我们的铁路职工。"站长伯伯说，"他那儿毕竟是个家，他家女儿也和这个小姑娘差不多大，两个孩子在一起也能说说话，生活上比较方便。这样吧，这个小姑娘先住他们家吧，咱们也尽快联系重庆和贵阳方面，寻找她的父母。"

"放心吧，站长，我们已经在联系了，相信她很快就能回家了。"王阿姨说罢，牵着来凤走出了站长伯伯的办公室。

见来凤出来，胡阿姨连忙伸手来牵来凤，然后一个劲地说:"闺女,你想吃什么?你想吃什么尽管说,阿姨给你做。哦,对了,吃了饭你可以和红梅姐姐一起看电视。"

可王阿姨有些迟疑,她蹲下身,握住来凤的手,看着来凤,问:"来凤,你愿意去胡阿姨家吗?如果不愿意,今晚就和我一起睡。"

来凤一直低着头不敢看王阿姨。

"抬起头来,看着我。"王阿姨用命令的口吻说。来凤这才抬起头。王阿姨重复了一遍刚才的话,来凤怯生生地说了一句:"我愿意去胡阿姨那里。"

"真的愿意?"王阿姨再次确认。

"嗯。"来凤点点头,"愿意。"

王阿姨站起身来,把来凤交给胡阿姨:"胡姐,那就麻烦你了。"

胡阿姨说:"谢谢你们对我的信任。你放心,我会把她当亲闺女一样对待。"

胡阿姨又伸手来牵来凤,王阿姨却说:"走吧,我送你们过去。"胡阿姨带着王阿姨和来凤,绕道来到了候车室外面的小超市。

遇见好心人

　　石门坎火车站就在松坎河边,候车室外有一块敞亮的坝子,坝子中间有一棵高大的黄葛树。黄葛树集天地之灵气,生得枝繁叶茂。阴凉的树下是候车乘客最喜欢待的地方,抢到座位的乘客可以坐在木椅上候车;没有抢到的就沿着树荫,在坝子上来回走动。距坝子不远处,就是小超市和小餐馆。小超市有几家,胡阿姨家的面积最大、商品最多。

　　胡阿姨家的小超市开在一幢长长的两楼一底的红砖楼房里,楼下有四个门面,胡阿姨的"石门坎小超市"与"刘三快餐馆"共用。刘三快餐馆门前坐满了用餐的人。

　　虽说夜幕已经悄然降临,但"石门坎小超市"红底黑字的招牌还是非常醒目,一个和来凤差不多大的女孩正坐在店里忙着收钱。

还未走近，胡阿姨就扯着嗓子冲女孩嚷："红梅，我们家来了一个妹妹。"

被叫的女孩赶紧转过身来，先是看了一眼胡阿姨，继而开始打量来凤，嘀咕着："我什么时候有个妹妹啊？"

胡阿姨似乎没有听到红梅的嘀咕，带着王阿姨和来凤穿过货柜，直接上到二楼的房间。二楼的房间虽不大，但干净卫生，窗前还摆了一张书桌。

"这是红梅的房间。"胡阿姨推开其中一扇门说，"看吧，很大的床，够她们俩睡的了。"

"是很大。"王阿姨点点头，然后弯腰摸了摸被子，"胡姐，下半夜还是会凉的，我怕两个姑娘冷了抢被子盖。"

"哦，也对。"胡阿姨想了想说，"行，这个你就别担心了，一会儿我再给来凤拿一床被子来，这样她们一人一床被子，就不会抢了。"

这时，在厨房里做饭的男人走了过来。

"周师傅，今晚就给你家添麻烦了，这个女孩……"

"没关系，没什么麻烦。"周叔叔转向来凤，安慰着，"小姑娘，误火车是难免的，别担心。等火车站的叔叔阿姨帮你找到爸爸妈妈后，就会送你回家的。你安心在我这里住几天，就当是暑假出来旅游了。"

周叔叔是胡阿姨的丈夫、红梅的爸爸，他叫周大新，是石门坎火车站的装卸工。像来凤这样因误了火车而与亲人走散的孩子，他见过不少呢，而且也接纳过几名孩子在家里暂住，所以安慰起来凤很有经验。

这边周叔叔的话刚说完，窗外就有一列货车呼啸着驶过。王阿姨看了看手表："呀，还有十分钟，贵阳过来的快车就要进站了，我得去做好接站准备了。那今晚就麻烦你们了，有什么需要可以随时来找我。"王阿姨说完，就匆匆下楼了。

屋子里一下变得安静了，只是这安静不过三秒，楼下就传来红梅的声音："爸爸，什么时候开饭啊，我饿了。"

"马上开饭！"周叔叔答应着，转身冲进了厨房。

胡阿姨牵过来凤的手："走，我们也去吃饭。"

说是马上开饭，其实只有碗筷摆上了桌。为了不让来凤觉得生分，胡阿姨热情地问："我们来凤想吃点什么，尽管跟我说！"来凤不说话。胡阿姨又把头偏过去，俯身看着她，问："来凤啊，想吃什么就告诉阿姨，阿姨去给你煮。"

来凤还是不说话，她低垂着眼皮，不看胡阿姨。

"这样吧！"胡阿姨直起腰，"我让红梅的爸爸给你做个番茄炒鸡蛋吧,我家红梅最喜欢吃这个菜,你肯定也喜欢。"说完,不管来凤同不同意,她就朝着厨房喊:"老周,再炒个番茄鸡蛋。"

"妈妈,饭还没有煮好啊?"红梅上楼来了。红梅比来凤高出一个头,胡阿姨也没有问来凤的年龄,就让来凤管红梅叫姐姐。

红梅看着来凤:"我读六年级了,你呢?"

来凤只抬起头看了红梅一眼,又赶紧低下了头。一旁的胡阿姨自顾自地说起来:"来凤,这就是你红梅姐姐,她在学校是三好学生。你看,这墙上贴满了她的奖状。红梅的老师叫张小惠,张老师对红梅可好了,要是你也留在这里读书……"

胡阿姨说得起劲,回头看,才发现来凤在哭,她赶紧打住,转移了话题:"老周啊,还没有炒好吗?人家来凤都饿了。"

"来了来了。"周叔叔端着一盘热气腾腾的番茄炒鸡蛋走了进来。一股香气扑鼻而来,早就等急了的红梅忙拿过碗盛饭。她刚把热乎乎的米饭舀到碗里,就看见胡阿姨一边大叫着"下面没人看店",一边转身准备下楼。

周叔叔喊住她,说:"我去楼下看着就行,你陪两个闺女吃饭吧。你看来凤喜不喜欢吃,要是不喜欢,我再炒其他菜。"

"红梅,快去拿个大碗来给你爸爸盛饭,说不定晚上又要下货,不能把他饿着了。"胡阿姨一边吩咐红梅,一边折回来坐在来凤身边,给来凤夹菜,同时也安慰着来凤,"来凤,来,多吃点,吃饱了才有力气等嘛。王阿姨说了,你在我家只是暂住,说不定明天你妈妈就来这儿接你了。"

提起妈妈,来凤又伤心起来,她不知道现在妈妈在哪里,也不知道妈妈能否找到回家的路。

见来凤拿着碗筷发愣,胡阿姨知道自己一定又说到来凤的伤心处了,她爱怜地看着来凤,不知道该如何安慰她。

红梅端了一碗饭给爸爸送去,回来时手里拿了一个糖人,她把糖人递到来凤面前,也安慰来凤:"妹妹,这个糖人是爸爸特意给你买的,那个做糖人的李伯伯来火车站了。爸爸说,吃了李伯伯做的糖人就会变得开心了。"

来凤抬头看了一眼糖人,也不伸手去接,又将头埋下去。

"红梅,你就先把糖人放起来吧,来凤妹妹不是正在吃饭吗?"胡阿姨给红梅递了个眼色,示意她别再往下说。可就在红梅缩回手的一瞬间,来凤突然伸手抓住了糖人。红梅一惊,拿着糖人的手停在了半空。

胡阿姨见状,说:"经常有做糖人的师傅到火车站来,但只有这个李伯伯做得最好,所以我家红梅最喜欢吃他做的。"

"是的,李伯伯做的糖人最好吃了,又香又甜。妹妹,要不你先尝一口吧。"红梅说着,将糖人往来凤眼跟前推了推。来凤接过糖人,舔了一口,害羞地笑了。

夜里,来凤睡不着,但她装着睡得很香。红梅倒在床上就睡着了,偶尔还发出轻微的鼾声。

每隔二十分钟左右就有一列火车经过车站。火车进站时人声喧哗,乘客的吵闹声,伴着乘务员指挥乘客上下车的声音,在静静的夜里显得很是嘈杂。火车进站出站时发出的鸣笛声,像穿透宇宙的雷声,在山谷中久久回荡。

红梅的爸爸妈妈轮流在楼下看小超市,他们上下楼的声音也很大⋯⋯

来凤只睡了一会儿,就被惊醒了。

听见火车的鸣笛声,来凤又想起了妈妈,夜这么深了,妈妈到底在哪儿呢?妈妈也会遇见像胡阿姨、周叔叔这样的好心人吗?这样想着,来凤就更睡不着了。

我要等爸爸妈妈

阳光从窗口钻进来,直直地照在床上,照在红梅的身体上,红梅感到全身热烘烘的,她被热醒了。

红梅吃力地睁开双眼,坐起来四下看看,没瞧见来凤。此时,桌子上的闹钟已经指向了七点二十分。

红梅懒洋洋地下了楼,见妈妈坐在收银柜前为顾客结账,便走过去坐在妈妈面前。一见到红梅,妈妈就开始安排:"快去叫来凤起床,然后带她去隔壁刘三叔叔的餐馆吃米线。"

"来凤不在屋里,她不是早就起来了吗?"

"什么?来凤没在屋里?怎么会这样?我没有看见她出门啊。"小超市和楼上是一个套房,只有一道门可以进出,但胡阿姨确实没有看见来凤出去。

胡阿姨跑上楼去看,当确认来凤不在屋里后,便开始着急了:"红梅,红梅,你快去站台找找来凤,快去。"

"哦!"红梅答应着,穿着睡衣就冲了出去。她先在候车室里找,再到站台上找,都没有见着来凤的身影。

红梅心里也着急起来,她跑到车站办公室把来凤不见的事情告诉了王阿姨,王阿姨一听就坐不住了,也跟着红梅出来寻找。

王阿姨把寻找的范围扩大到了站台外。石门坎火车站处在峡谷中,一边是陡峭的山坡,一边是湍急的松坎河,要想离开这里只有顺着铁路往松藻煤矿走,到了松藻煤矿才能坐上公共汽车。

王阿姨心想,来凤该不会是去了松藻煤矿吧?于是,她又带着红梅往松藻煤矿方向寻去。

站台尽头枝繁叶茂的大黄葛树下,有一个凉开水摊,摆凉开水摊的婆婆姓张。王阿姨十二年前到石门坎火车站工作的第一天就喝过张婆婆的凉开水。凉开水里加了白糖、薄荷,一角钱一杯,喝进肚里凉丝丝的。

张婆婆在黄葛树下摆了好多年凉开水摊。尽管后来有了更方便的矿泉水、纯净水,但过往的乘客还是喜欢喝她的凉开水。现在,张婆婆的凉开水卖到了五角钱一杯。

此时,张婆婆就坐在黄葛树下,面前的长条桌上摆了五六杯凉开水。她见穿制服的王阿姨过来，忙站起身来笑着招呼。

"小王，这是着急着去哪儿啊？"

"去找人呢，张婆婆！"王阿姨停下了脚步，比画着问，"张婆婆，你刚才有没有看到这么高的一个小女孩，穿蓝色连衣裙的？"

张婆婆没有说话，而是用手指了指站台围墙的一角，王阿姨顺着张婆婆的手指看过去，发现来凤正坐在地上，双手抱着双膝，将头埋在双臂间。王阿姨和红梅走了过去。王阿姨蹲下身，亲切地问："来凤，你是在这儿等爸爸妈妈吗？"

来凤不说话。

"我们已经联系重庆和贵阳的铁路警察了，他们正在寻找你的爸爸妈妈，你要相信阿姨。你坐在这里等是不行的，天气这么热，会中暑的，你还是跟阿姨回去吧。"

"来凤妹妹，我们还是先回去吧，你不能这样饿着肚子等爸爸妈妈呀。"红梅伸手去拉她，"走吧，我们先去吃饭。"

可红梅的手刚碰到来凤，就被来凤打了回来。"我不去，我要等妈妈！"来凤大声哭了起来，"啊啊……

我要等妈妈。妈妈啊，你在哪里？"

"别人越是劝她，她就越是激动。"张婆婆过来拉开王阿姨和红梅，"小王，你还是先把她交给我吧，她不会跑远的，我给她说过了，到贵阳的火车要下午才进站呢。"

这时候，胡阿姨也赶过来了，她见了红梅就心急地问："找到来凤了吗？"王阿姨朝墙角努了努嘴。胡阿姨一看，来凤正在伤心地哭着。

"快，红梅，快去给来凤妹妹买两个馒头来，都八点多了，她肯定饿了。"说罢，胡阿姨从口袋里掏出钱给了红梅。

红梅走后，胡阿姨又从张婆婆的凉开水摊上拿过一杯凉开水，走过去，蹲下身，把水杯递给来凤："天气闷热，来凤，乖，听阿姨的话，先喝杯水。"

来凤没有拒绝，也没有接受。胡阿姨将水杯凑到她嘴边："喝吧，乖孩子，你不能生病。要是你生病了，你爸爸妈妈知道了会心疼的。"

听到爸爸妈妈，来凤轻轻抬起了头。看到来凤有反应，胡阿姨再次将水杯凑到她嘴边，来凤伸手接住了水杯。

站在一旁的王阿姨显得有点激动，她想说点什么，但张了张嘴却没有说出来。等到来凤喝完了水，王阿姨才匆匆跑去接站了。

王阿姨走了一会儿，红梅就提着馒头过来了。胡阿姨接过来，欢喜地将一个馒头放进来凤的手里："来凤，乖孩子，热气腾腾的馒头，多香啊！快吃，吃了才有力气等爸爸妈妈。"

或许是饿了，来凤接过馒头，大口吃了起来。胡阿姨担心来凤噎着，又从张婆婆那儿要过一杯凉开水，一边递，一边说："慢点吃，别噎着，来，喝点水。"

来凤一口气喝了半杯凉开水，馒头也吃得一口不剩。胡阿姨将来凤从地上拉起来："吃完了就跟红梅姐姐一起去玩吧，这地方虽说很小，但山清水秀的，风景很美哟，看看风景，消消食，你会开心一点。"

"今天太阳太毒了，我想回家看电视。"红梅说。

"当然可以啦，但是你一定要照顾好来凤妹妹，不许欺负妹妹。"

来凤既不想去看风景，也不想回家看电视，她只想在这里等爸爸妈妈。

胡阿姨怕她中暑，就劝她到候车室去等，等火车进站了再出来看爸爸妈妈到了没，但来凤固执地要在站台上等。

来凤坐在那里,眼巴巴地望着。一旦有列车进站,她就会从火车这头跑到火车那头,紧紧盯着每一位下车的乘客不放。

时间很快就到了中午,气温越来越高,来凤的心情也越来越烦躁。她来到火车站牌下,先是站着,后来又坐在地上,背倚着站牌的水泥柱。火辣辣的站台上,来凤就成了一道风景。

红梅没敢离开站台,妈妈交代她要看好来凤妹妹,她就坐在远处的树荫下,远远地看着来凤,不让来凤离开她的视线。

张婆婆已经给来凤送了五杯凉开水,也劝来凤去候车室等,但是来凤一步也不愿意离开。

王阿姨找了顶草帽让来凤戴,可来凤就是不戴。

胡阿姨给来凤送来了凉面、稀饭,还为她打着遮阳伞。红梅都有些妒忌来凤了,长这么大,妈妈还从来没有这样为她打过遮阳伞呢,更别提送凉面、稀饭了。

来凤真是一个固执的女孩。张婆婆、胡阿姨、王阿姨给她讲了很多道理,都劝她到候车室去等,可她就是一声不吭,固执地待在站牌下。

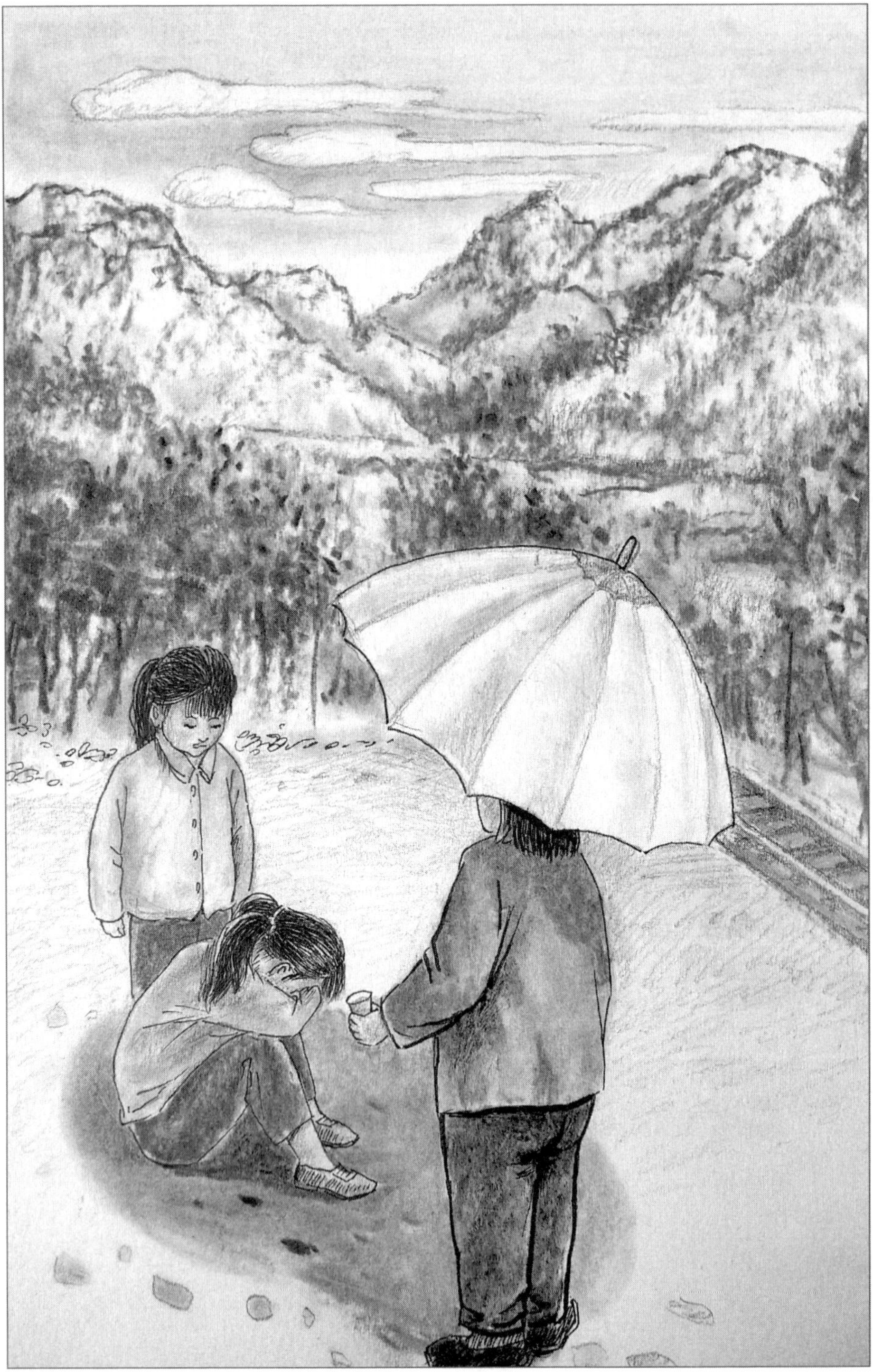

王阿姨担心她的安全,因为每次列车进站时她都要从火车这头跑到那头,这样跑是非常危险的。

下午三点多钟,来凤快步冲进车站办公室,大声问王阿姨:"你为什么要骗我,为什么要骗我?"

王阿姨和在场的工作人员都被问得莫名其妙。

"你说我爸爸妈妈很快就会来接我的,可是……可是都下午了,为什么他们还没有到?"来凤说完就蹲在地上呜呜哭起来。

王阿姨知道,来凤的耐心已经被等待击垮,于是她蹲下身,和颜悦色地说:"来凤,我们一直都在努力,重庆火车站的警察叔叔已经派人在寻找你爸爸了,贵阳火车站那边也在努力寻找你妈妈……"

"不,不是的,你们不可能找到我妈妈的。"来凤的声音更大了,"因为,因为我妈妈她根本就不知道她要去哪儿。"

在场的人一时都不明白来凤的意思。

"所以,你说我妈妈会来接我,就是在骗我。"来凤兀地站起来大吼,"你们都是骗子!"说完,她身子一歪,倒在地上。

在场的人都慌了,这小姑娘怎么了?

"会不会是生病了？她在太阳下晒了那么久。"

"嗯，很有可能是中暑了。"

"快，快，快喂她点藿香正气水吧。"

"要快速降温。"站长伯伯闻讯赶来，将毛巾蘸冷水打湿，为来凤擦拭面部。一位叔叔又提来电风扇，对着来凤吹。

"站长，这样可不行啊，我看还是送煤矿医院吧。"王阿姨焦急地说，"万一有个三长两短可咋办？"听王阿姨这么一说，在场的人都拿不定主意了。

这时，胡阿姨赶来了。听到王阿姨的建议，她立马弯下腰来："我赞成送来凤去煤矿医院，来，我背她去。"

"行，就听小王的，送医院。对了，小王，你跟胡朝先一起去。"站长伯伯说，"医药费你先垫着，回来车站给报销……"

"我身上有五百多块钱，应该够了。"王阿姨一边说，一边和站长伯伯合力将来凤扶到了胡阿姨背上。

从石门坎火车站到松藻煤矿没有公路，只能沿着铁路走过去，此时正是烈日当空，铁路两旁的小草都被晒得低下了头，铁路上散发出来的热气带着一股烧焦的煤味儿。胡阿姨背着来凤往前走，王阿姨举着遮阳伞跟在后面跑,她把伞伸过去遮住来凤,自己却暴露在烈日下。

来凤无精打采地软在胡阿姨背上。因为比较沉,胡阿姨走一段就要停下来,将背上的来凤扶高些再继续前行。

"胡姐,我来背一段吧。"王阿姨说。

"不用,我还可以坚持,再走一段吧,我背不动了你再背。"胡阿姨说,汗水早已湿透了她的上衣。

差不多三十分钟后,她们来到松藻煤矿职工医院,也顾不上休息,就叫来了医生。医生先给来凤做了检查,再将来凤送到观察室散热、冷敷,又开了防暑药给来凤服下。医生说来凤的确是中暑了,需要好好休息。两位阿姨这才松了一口气,王阿姨也把这件事告诉了站长伯伯。

站长伯伯让她守在医院,等来凤的身体好了再回火车站。

第二章　张婆婆的凉开水摊

张婆婆已经在黄葛树下摆了三十三年的凉开水摊。不管天晴还是下雨,不论酷暑还是寒冬,每天大清早就来,日落才回家。她陪着黄葛树长大,黄葛树伴着她变老。

黄葛树下

张婆婆也不知道，这棵黄葛树到底有多大年龄。

黄葛树很粗大，得要四个张婆婆手拉手才能抱住它。黄葛树生长在松坎河边，大部分的树根都长在悬崖峭壁上，然后向岩石深处无限延伸。

黄葛树旁边就是川黔铁路，是乘客从松藻煤矿到石门坎火车站的必经之路，从黄葛树再往前走几米就是火车站站台。

黄葛树枝繁叶茂，像一把撑开的大伞，将凉开水摊遮挡得严严实实。张婆婆说，她已经在这棵黄葛树下摆了三十三年的凉开水摊。她陪着黄葛树长大，黄葛树伴着她变老。张婆婆说，其实她的年龄还没有这棵黄葛树大，黄葛树能活千年，而她只能活几十岁。

张婆婆每天都在黄葛树下摆凉开水摊，不管天晴下雨，不论酷暑寒冬，每天大清早就来，到了日落时分，才在夕阳的陪伴下慢慢回家。

来凤每天都到站台来，她就坐在离凉开水摊不远的围墙边，望着进站出站的火车。开始几天，红梅会陪她坐在墙下，后来，红梅不陪她了，只是隔一段时间来看看她，到了该吃午饭的时候，就给她送饭过来。一直陪着来凤的，是黄葛树下的张婆婆。

张婆婆时不时还会端来凉开水请她喝。起初，来凤有点抵触情绪，渐渐地，她发现张婆婆是个心地善良的婆婆，也就和张婆婆熟络起来。

张婆婆常称呼她为闺女，也经常说一些她听不明白的话："闺女，要是我的闺女还在，她的闺女也该有你这么大了。"来凤没弄明白张婆婆在说些什么，她觉得张婆婆是一个爱唠叨的人。

来凤所站的围墙下方光秃秃的，一到中午，来凤就会完全暴露在阳光下。每到这时，张婆婆就会走过来，跟来凤说："闺女，天气热，你还是过来坐吧，黄葛树下凉快，又能看到火车进进出出。"

来凤接受了张婆婆的建议，每天都到黄葛树下等火车。红梅也经常到黄葛树下陪她们。有两个孩子陪着，张婆婆觉得心情很好，没客人的时候，她就给两个女孩讲石门坎火车站的故事。

"当年我到这里摆凉开水摊的时候，黄葛树只有这么大。"张婆婆缓缓抬起手比画着，"那是三十三年前的事情了。那时候，石门坎火车站热闹得很，光松藻煤矿的职工家属就有五六万人。那时候交通没有现在这么方便，松藻煤矿的几万人出远门都要到石门坎火车站坐火车……"

三十三年前，张婆婆还是一个风华正茂的女子，她丈夫是松藻煤矿的工人。张婆婆的老家在秀山县农村，结婚后她便随同丈夫来到了松藻煤矿。

"乐乐她爸爸可能干了，没有房子住，他就在那边山上建了一间砖瓦房。"张婆婆指着火车道那边的山上，说，"那儿，就是那儿，我现在还住在那儿。十年前房子已经翻新了，比以前更加牢固。说起来，还是火车站的人去帮我翻新的呢，只可惜，乐乐她爸爸看不见喽。"张婆婆的眼里透着失落。

"张婆婆，那你女儿呢？"红梅瞪着双眼问。

"我闺女啊，应该好得很哟，她的闺女应该也有你们这么大了。"

来凤忽闪着双眼，问："张婆婆，你天天在这里，怎么没见你女儿过来看你，或者帮你呢？"

张婆婆若有所思地回答："是啊，她为什么不来看我呢？因为她很小的时候就出远门了，我在这里等她回来，都等了三十三年了。"

红梅一听，突然明白了过来："我知道了，是不是你女儿和你走散了，就像来凤和她妈妈走散了一样？"

被红梅说中了心事，张婆婆脸上的笑容渐渐消失。"我在这里等着她呢，你们看，这就是我的女儿。"张婆婆指着桌子正面挂着的小女孩照片，说，"你们看她多乖！"

"原来她就是你的女儿啊！"红梅很早以前就看见了桌子前挂着的这张照片，没想到这个小女孩就是张婆婆的女儿，难怪张婆婆独自一人时总是低头看着什么，有时候还悄悄地抹眼泪。现在红梅终于明白了，张婆婆是在看她的女儿，她是因为想念女儿才落泪的。

"张婆婆，你没有去找她吗？"来凤问。

"找过啊，不过找了几个地方，我就回来了。"张婆婆回答。

"为什么呢？"

"因为啊，我不知道她去了哪儿，我四处找也是瞎折腾。"张婆婆说，"所以，我决定在石门坎火车站等她回来！她应该记得这个石门坎火车站，只要她记得这个火车站，就总有一天会回到这里。如果我四处瞎找去了，万一她回来找不到我咋办？"泪水在张婆婆眼眶里打转。

两个女孩没有再多问。来凤想：张婆婆说得对，我也应该在这里等，说不定哪天爸爸就真的找到石门坎火车站来了。想到这里，来凤又转身往站台跑去。

"来凤，来凤，你要去哪儿？"红梅追上去问。

"我要去站牌下等我爸爸，可能今天下午我爸爸就来了。"来凤跑到站牌下停了下来，"我就在这里等爸爸，站在这里，爸爸坐在火车上就能看见我。"

"你还是去黄葛树下等吧，这里遮不住太阳，太热了。"红梅说，"在黄葛树下也能看见你爸爸呀。"

"不，我就要在这里等。"来凤又犯倔了，一定要站在站牌下等爸爸。劝不住来凤，红梅很是气恼，她只好跑去超市告诉妈妈。

"你要理解来凤的心情。"妈妈递给红梅一把遮阳伞，要红梅去帮来凤打伞。

"我不去！"红梅生气地说，"是她自己要这样的，怪不得我，我干吗要帮她打伞？我还要做作业，学校要开学了……"红梅一口气说了一大堆理由。妈妈坚持要她去站牌下为来凤打伞,红梅仍然不肯去。

"那这样吧,你来看超市,我去给来凤打伞。"妈妈说。

红梅心疼妈妈,她害怕妈妈被太阳晒得中暑,便一把抓过妈妈手中的遮阳伞,朝站牌下跑去。因为觉得委屈,红梅一边跑一边哭。路过候车室外的张贴栏时,看见有两个人站在那里看寻人启事,她灵机一动,也想到了这个方法:对啊,我也可以写个寻人启事挂在站牌上,这样来凤的爸爸一到火车站就能看见了呀,来凤也不用成天站在站牌下晒太阳了。红梅为自己的主意感到高兴,她几乎是小跑着回到家的。

她把自己的想法告诉妈妈,妈妈惊喜地说:"这样可以啊,红梅,你的办法真好!你赶快去拿张纸,写好了就挂到站牌上去。"

得到妈妈的支持,红梅心里乐开了花。她找来找去,在超市里找到一块纸板,想了想,写下"我是马来凤,爸爸妈妈,我在这里等你们"的话。写好后,红梅觉得字体太细,不够醒目,于是又一笔一画地将字描粗了。

"嗯,还可以,我家红梅的字写得挺好看。"妈妈夸夸红梅,又找来一根细铁丝,在纸板上做了一个弧形挂钩,说,"纸牌做好了,你可以拿去挂了,挂好后就把来凤带回来休息。大热天的,这孩子怎么就那么固执呢!"

"嗯,我这就去。"红梅答应着,拿着纸牌去了站台,并把纸牌递给了来凤。

来凤见了纸牌也很惊喜。可站牌是由两根光滑的方形水泥柱支撑的,找不到可以挂纸牌的地方。两人正在发愁,王阿姨走了过来。王阿姨说:"站牌是火车站的重要标志,按规定,上面是不能挂任何东西的。"她朝四周看了看,不一会儿,就有了主意。"这样吧,你们可以把纸牌挂在围墙上,我这就去找铁钉和铁锤来。"说着,她转身就要走。正在这时,张婆婆过来了。

张婆婆看了看纸牌上的字,说:"怎么可以挂在站牌上呢?来来来,还是挂到黄葛树上吧。"

"可是,我怕我爸爸看不见。"来凤说。

"怎么会看不见?这棵黄葛树又高又大,而且还是进站出站必须经过的地方,怎么会看不见呢?"张婆婆说,"去年,有个乘客的包包丢了,就在这棵黄葛树上贴了个寻物启事,当天下午包包就找到了。来吧,拿过来,张婆婆还会骗你不成?"

"张婆婆说的是真话,她不会骗你们的。"王阿姨说,"纸牌挂在黄葛树上,你就可以坐在黄葛树下等,和张婆婆做个伴,还可以听张婆婆给你讲故事呢。"

来凤看看张婆婆,又看看红梅,犹豫不定。

"我赞成挂在黄葛树上,我妈妈说过,黄葛树是有灵性的,特别是这棵大黄葛树,它的年龄比火车站的还大呢!"红梅说。

"说不定,这棵有灵性的黄葛树还能保佑你的爸爸早点找到你呢!"张婆婆忙补充道。

听红梅和张婆婆这么一说,来凤心动了,点了点头。王阿姨从张婆婆手里接过纸牌:"我这就把纸牌挂到树上去。"

费了好大的功夫,王阿姨终于将纸牌挂上了树。纸牌挂在深褐色的树干上非常醒目,远远就能看到。

王阿姨后退几步,欣赏着纸牌上的字:"这字写得真好,像艺术字。"

"我也会写艺术字,美术老师教我们写过。"来凤不服气地说。

"好啊!"王阿姨转过身,看着来凤,"你也可以写一块纸牌,挂在黄葛树的另一面,这样两面都挂上纸牌,来来去去的人都能看见。"

"嗯。"来凤眨眨眼,迫不及待地牵起了王阿姨和红梅的手。

整个下午,来凤都在红梅家里写启事。来凤写"爸爸妈妈,我是马来凤,我在石门坎等你们",然后又一笔一画地把每一个字描粗。仔细看看,觉得不好看,又拿来一块纸板重新写,这样反复了好几次,直到太阳落山,来凤才做出令自己满意的纸牌。胡阿姨为她做好铁丝挂钩,王阿姨又陪她将纸牌挂在黄葛树上。

王阿姨俯在她耳边悄悄说:"我发现,你的艺术字写得比红梅的还好。"来凤送给王阿姨一个微笑。王阿姨心里微微一震,因为她发现,这次,来凤的笑是发自内心的,非常真诚。她希望来凤早日走出阴霾,恢复天真可爱的模样。

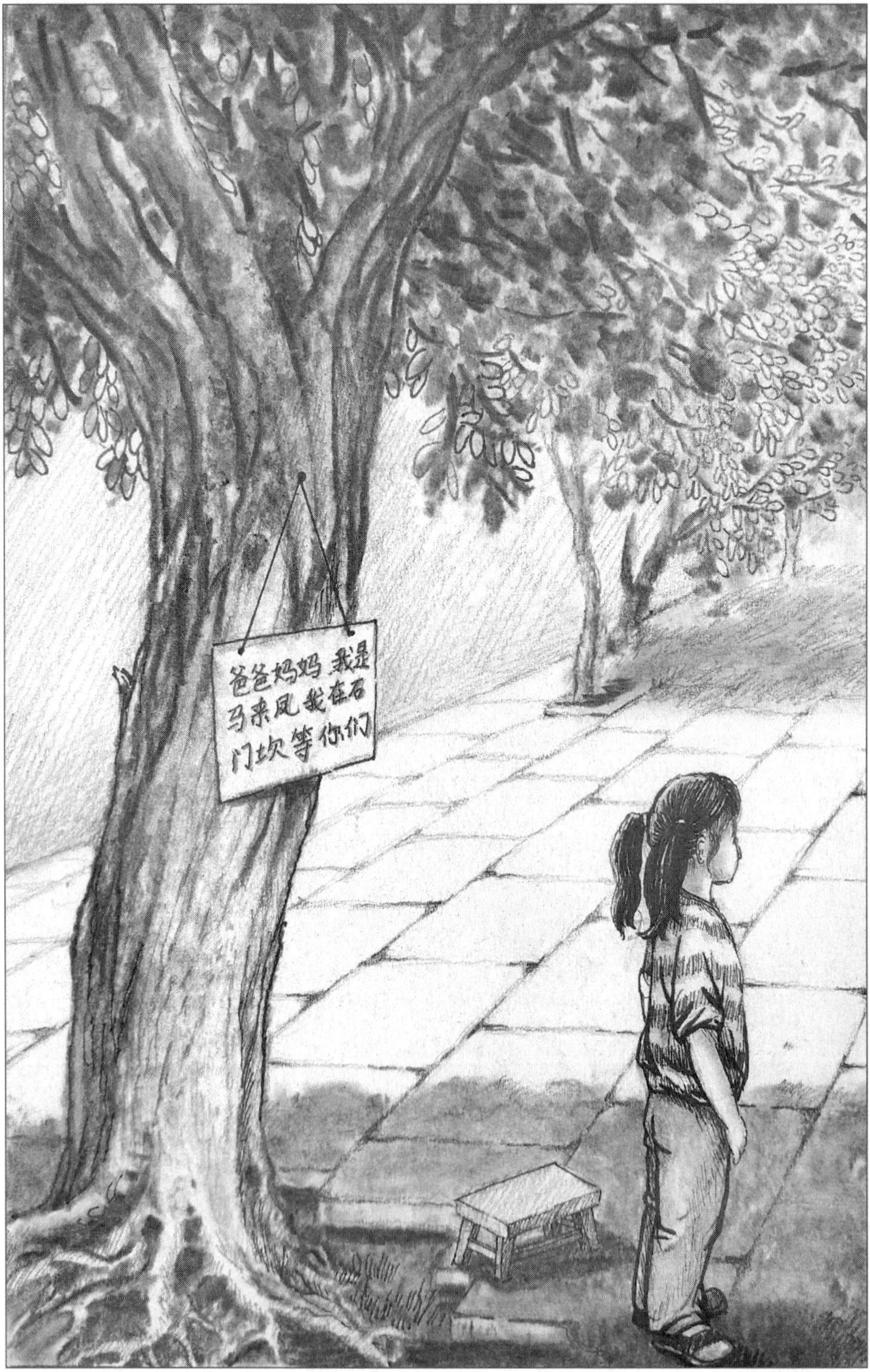
爸爸妈妈 我是
马来凤 我在石
门坎等你们

张婆婆的麦粑

清晨的雾气大,能见度低,黄葛树在雾气中时隐时现。来凤担心爸爸看不到她挂在黄葛树上的纸牌,所以一醒来就急匆匆地往黄葛树下跑。一列火车进了站,来凤发现了站在站牌下东张西望的张婆婆。来凤跑过去问:"张婆婆,这么早,你也在等人啊?"

张婆婆伸长了脖子张望。"昨晚我做了个梦,梦见我闺女回来了,她在石门坎火车站到处找我……"张婆婆的话还未说完,短暂停留的火车就鸣着长笛开走了。张婆婆将目光收回来,又沿着站台寻找,仔细打量着每个提行李的人。沿着站台走了一个来回,张婆婆才失望地放慢了脚步,停在站牌下。"闺女不知道会坐哪趟车回来。"张婆婆自言自语着,猛然间发现来凤就站在她面前。她先是看着来凤,又慢慢笑起来:"还是去黄葛树下等她吧。走，闺女，我们去黄葛树下。"

张婆婆走路有些蹒跚，来凤赶忙上前扶她。来凤想起了老家的外婆，虽说外婆走路也是这样左摇右晃的，但拿着叉头扫把在院坝里赶鸡时又是那样精神抖擞。外婆说过，等来凤长大到城里读了大学，她就可以到城里去看高楼。

可是，外婆啊，来凤连妈妈都弄丢了，来凤真没出息……来凤在心里想着，真是难过极了。她挽着张婆婆往黄葛树下走。此刻，阳光正穿破云雾，在峡谷里洒下灿烂的光辉。

在黄葛树下，张婆婆从背篓里翻出一个食品袋，拿出一个麦粑递给来凤："闺女，饿了吧？来，尝尝婆婆做的麦粑。"

来凤接过来，放在嘴里就啃。见来凤吃得起劲，张婆婆笑着摆桌子，准备卖凉开水了。

"来凤妹妹，来凤妹妹……"红梅在远处喊，"来凤妹妹，我妈妈喊我带你去吃牛肉面……"等到走近时，红梅看见来凤手里拿着的麦粑，有些责怪地说："你吃了，张婆婆还吃什么呀？"

"闺女，我这里还有呢。"张婆婆转过身又拿出一个，

"来,闺女,你也吃一个吧!麦粑很香,这是婆婆自己做的呢。"

"婆婆,还是你自己吃吧,我吃了你就没有了。"红梅说。

"还有呢,还有呢!"张婆婆像变魔术一样,从食品袋里又拿出一个。

红梅犹豫着,但还是伸手接了过来。

张婆婆也坐下来,和她们俩一起吃。

麦粑清香可口,放在嘴里一嚼软糯糯的。"真好吃。"红梅嚼着麦粑大声说。

张婆婆看她们两个吃得香,情不自禁地笑了:"要是我闺女还在家,她的闺女也该和你们差不多大了。"

这时候,胡阿姨赶过来了。见到这样的情景,胡阿姨说:"麦粑真香啊,我老远就闻到了香味。"

张婆婆说:"可惜没有了。我明天多做一个,你明天早晨也来吃吧。"

"多谢张婆婆,我们都知道张婆婆是天底下心肠最好的婆婆。"胡阿姨笑了。她是来喊来凤和红梅回家的。

刚回到家,胡阿姨就让红梅去火车站职工食堂,买几个馒头给张婆婆送过去。"张婆婆不是吃过早餐了吗,干吗还要送馒头去?"红梅不解地问。

"闺女,你有所不知哟,张婆婆拿着的麦粑就是她一天的口粮哪。"

红梅没有明白妈妈说的"一天的口粮"是什么。

"一天的口粮就是张婆婆的一日三餐,三个麦粑,一顿吃一个,不就是一天的口粮吗?"

"哦,我知道了。"红梅这才弄明白。

"不仅要买馒头,今天中午我们还要给张婆婆送米饭去。"胡阿姨招呼着红梅,"闺女,冰箱里还有块肉,待会儿拿出来解冻,今天中午就喊你爸爸炒回锅肉给张婆婆和来凤吃。"

"好。"红梅点点头,她有点不明白,为什么张婆婆一日三餐都吃麦粑,"妈妈,张婆婆一日三餐就不吃点别的?"

"对,就是吃麦粑。你想啊,张婆婆一天卖凉开水能挣几个钱啊?现在物价这么高,她这点收入怎么能……"胡阿姨有些哽咽。

"那她的家人呢?她女儿还会回来吗?"

"谁知道呢!反正张婆婆天天都守在黄葛树下,我跟着你爸爸来石门坎火车站开超市时,张婆婆就已经在那里摆凉开水摊了。"

红梅眼前浮现出张婆婆可怜的样子,于是跑上楼,将自己存钱罐里的零钱全倒出来。她想用自己积攒的零花钱给张婆婆买馒头。

"阿姨,我买馒头。"红梅来到火车站职工食堂,将半个脑袋伸进窗口,"我买五个,不,买十个。"

食堂的阿姨认识红梅,有些不解地问她:"今天为啥要买这么多馒头?"

"我买来给黄葛树下的张婆婆送去。"红梅补充道,"我是用自己存的零花钱买的。"

"自己的钱也不用一下买那么多,张婆婆吃不下的。馒头放久了会变质,你可以每天来给张婆婆买两个。"

红梅觉得阿姨说得有道理,便挑了两个大馒头,跑到黄葛树下,将装馒头的袋子递到张婆婆面前:"张婆婆,这是我给你买的馒头。"

"真是给我买的?"张婆婆惊讶地看着红梅,继而满脸笑容地接过馒头,将馒头贴到鼻子边闻了闻,"馒头真香啊!还是闺女知道心疼婆婆啊。"

见张婆婆高兴,红梅也跟着高兴:"张婆婆,你要是喜欢,我以后每天都给你买馒头。"

"这样可不行,婆婆不能白吃你的嘛。婆婆有一双手,可以靠这双手挣钱来养活自己。"张婆婆说着,揉揉红梅的头发,笑了。

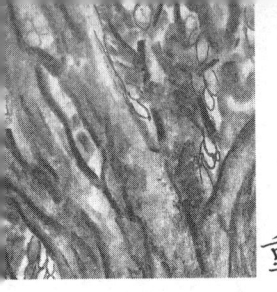

重写寻人启事

夏天的天气捣蛋似的说变就变,白天还闷得发慌,傍晚时,晚霞满天的空中突然就下起了暴雨,雨点噼里啪啦地打在地上,伴随着狂风袭来。

狂风和暴雨肆无忌惮地袭击着石门坎火车站,站台上等车的人都如鸟兽散,只有火车进站时,乘车的人才冒着暴雨冲上车。狂风将树枝吹得左右摇晃,被吹落的树叶则像成千上万溃败的蚂蚁,被赶到了各个角落。

守在黄葛树下的张婆婆和来凤还没反应过来,狂风就席卷了凉开水摊,吹走了挂在黄葛树上的纸牌。

见纸牌被吹掉,来凤赶紧冲出去抢。纸牌是抢到了,但已经被雨水打湿,上面的字迹也模糊不清了。来凤想着多日来杳无音信的爸爸妈妈,抱住纸牌伤心地哭了。

来凤忙着抢纸牌,张婆婆则忙着抢救凉开水摊。强风掀翻了桌子,桌上的玻璃杯掉在地上摔碎了。张婆婆很心疼,想接住玻璃杯,结果左手手指被玻璃划破,流了血。

"婆婆,你的手流血了。"见到血,来凤有些慌乱,抱着纸牌来到张婆婆身边。

张婆婆用嘴吸了一下伤口,"小伤,没关系。闺女,不要怕,更不要惊慌,也不要哭。"张婆婆笑着看了看纸牌,"纸牌弄脏了,我们还可以重新做一块;凉水杯摔碎了,我们还可以买新的,这点困难不算什么!"张婆婆伸手拉着来凤:"闺女,来,拉紧婆婆的手,我们紧紧靠着这棵大树,就不会被风吹走了;而且呀,这树枝叶茂密,就像一把大雨伞,可以为我们遮雨。"张婆婆说着,和来凤紧紧靠在黄葛树上,躲进了黄葛树的怀抱。

这一刻,胡阿姨正举着伞,在狂风暴雨中往火车站跑。看见张婆婆和来凤平安无事,她心里悬着的石头才落下来。

这场雨足足下了三十分钟。待雨过天晴,绚丽的晚霞就像是给石门坎火车站披上了一层橘黄色的轻纱,轻纱曼妙,若隐若现。最后,所有的美丽都被夜幕遮挡,所有的光芒也都化作天边的一丝光亮,陪伴着石门坎火车站的每一个人。

暴雨虽然停止了，但在暴雨后，松坎河水位上涨，往日清亮温柔的河水变得浑浊狂躁。张婆婆的凉开水摊被狂风掀翻后，她女儿的照片也被吹到松坎河里不见了。张婆婆站在河边，低头看着咆哮奔流的河水发呆，不管胡阿姨怎么劝，她都舍不得离开，于是胡阿姨和来凤陪着张婆婆在河边看了很久很久。

吃过晚饭，红梅和来凤商量着重新做两块纸牌。红梅做的纸牌上写着：

叔叔，马来凤住在我家，您看见这个纸牌后，就到后面的石门坎小超市来找她。

来凤做的纸牌上则写着：

爸爸，我在石门坎火车站等您。您看到纸牌后就在这棵黄葛树下等我。

您的女儿：来凤

做好纸牌已经很晚了，来凤着急把纸牌挂到黄葛树上去，于是红梅陪着她，再一次穿过了站台。

雨后的空气不再闷热，月亮高高地挂在空中，月光如泻,将站台照得亮堂堂的。虽然夜已经深了,但站台上仍然有等待上车的乘客。

这时候,一辆从重庆方向开过来的列车,鸣着汽笛缓缓进站了,来凤情不自禁地站住,双眼扫视着每一位下车的乘客。"爸爸,爸爸……"来凤嘴里呼喊着,哭出了声。

红梅知道来凤是想爸爸了,于是上前抓住来凤的胳膊,将来凤轻轻地拥在怀里。

三分钟后,列车在汽笛声中缓缓开出了车站,这是开往贵阳的特快列车。两个女孩在站台上目送列车远去。

站台上又暂时恢复了安静。就在此刻,红梅忽然发现站牌下站着一位老人。两个女孩走过去一看,站牌下的老人竟然是张婆婆。

"张婆婆,你怎么还没有回家啊?"红梅上前问。

张婆婆没有说话。月光照在张婆婆脸上,映照出张婆婆脸上的泪痕,看样子,张婆婆应该偷偷哭过。

"张婆婆,你这是在等人吗?"来凤问。

"等我的乐乐,等我的乐乐回家。"张婆婆缓缓转过身来,许久才回答。"她走那天也下着大雨,雨下得比今天还要大,松坎河的水漫过了堤岸,把铁路都淹了。"

张婆婆像是生病了一样，精神萎靡，说话间她又倚着站牌的水泥柱坐了下去，"我只是感到累了，我真的很累了，人也老了……"虽然红梅和来凤听不太懂，却也乖巧地蹲了下来。

"张婆婆，还是回家吧，都这么晚了。"红梅担心地说。

"我在等乐乐，我知道她快回来了，都三十三年了。"张婆婆一边说，一边用手抹泪。

"那也是一个黄昏，余晖照着火车站，一个很漂亮的黄昏。那时候，我和老莫有一个幸福的家。我们都还年轻，乐乐也还小，才三岁。老莫是矿上的工人，每个月都能领工资，每天都会给我和乐乐买好吃的东西，给乐乐买漂亮的衣服……"张婆婆停了下来，仰头望着铁路对面的高山。

"那天也怪我，是我偏要带着乐乐来火车站耍。现在想来，火车站光秃秃的，有什么好耍的呢？"张婆婆自言自语着，思绪回到了三十三年前夏天的那个黄昏。

三十三年前的夏天

三十三年前的夏天,张婆婆带着三岁的女儿乐乐到石门坎火车站玩耍。

石门坎火车站是这一地区的交通枢纽,虽说小巧,但客流量比较大,流动商贩、民间艺人也经常来这里,真是比附近的松藻矿区还要热闹。

张婆婆喜欢带着乐乐到火车站来买糖人。一个手艺人,一个木转盘,一桶糖水,围着一群看稀奇的人,便成了火车站的一道风景。一角钱转一次转盘,转盘旋转时,围观的人都会发出狮吼般的喝彩声,真是热闹极了,刺激极了。而当转盘停下,指针指向某一个图案时,喝彩声便会戛然而止,买糖人的人脸上便会露出惊喜的表情。

张婆婆清楚地记得,那个黄昏,站台旁边的糖人摊前围了一大堆人,光等着画糖人的就有五六个。那个做糖人的师傅姓李，六十多岁，靠着做糖人的手艺过日子。李师傅的手艺确实好，做一条糖龙只需要一分多钟。

那天乐乐拨动指针后，指针就缓缓地停在了孙悟空的图案上。

"你女儿手气好，能转到孙猴子的人都是有福气的人。你想想，孙悟空连玉帝老儿都不怕，还是齐天大圣。齐天大圣是什么？神仙呀。"说话间，糖人李师傅右手操起糖勺，认认真真地在石蜡板上画起了孙悟空，可是孙悟空还没画好，天空中就落下了雨滴，重重地砸在地面上。

雨刚落地绽开水花，就有人发出"下雨了，下雨了"的惊叫声。惊叫声中，大雨骤降，来势凶猛，旁边的人像鸟儿一样惊恐地散开，只有李师傅还稳在那里，聚精会神地握着糖勺画孙悟空——他是想完成这个孙悟空后再撤离。

恰好这时，一辆从贵阳方向开来的列车鸣着笛进了站，躲在四周避雨的乘客，又冒着大雨跑上站台，聚集在了一起。

雨下得更大了，站台上已是水流如注。地上溅起水花，站台上也渐渐升起一层厚厚的水雾，下车的和上车的乘客摸索着在站台上来往奔跑,让站台陷入混乱。也就在这时,张婆婆发现站在身旁的乐乐不见了。乐乐去哪儿了呢?张婆婆着急地四处张望,却没有看见乐乐。

"乐乐,乐乐!"

"乐乐,乐乐!"

"乐乐,你在哪里呀?你不要吓妈妈呀!"

"乐乐!"张婆婆在站台上来回奔走,嘴里不断呼唤着女儿的名字。一直到火车开走,她也没有找到乐乐。站台上除了她,已经空无一人了,大雨依然如注,水雾茫茫。

远山、铁道、大树……雨水无情地敲打着一切,噼里啪啦的声音像冰冷的皮鞭一样,狠狠地抽打在张婆婆的心上。她疯狂地在站台上来回奔跑,一声一声呼唤着女儿。

喊着喊着,张婆婆突然想到了糖人李师傅,乐乐会不会和李师傅在一起?于是,她疾步跑到候车室,在候车室大门前找到李师傅,他手里还拿着那个糖人孙猴子。

"我一直在等你呢。"李师傅见了张婆婆,就用埋怨的口气说。

"我女儿呢?我女儿呢?她没有和你在一起吗?"

顾不上接李师傅的话，张婆婆着急地问。

"没有啊！"

"怎么会没和你在一起，怎么会？她不见了，是不是你把她藏起来了？"

"啊，你女儿不见了？真的不见了？"李师傅很惊讶，"可是，我真的不知道，真的不知道你女儿去了哪里，你快在候车室找找吧。"李师傅放下担子，钻进热烘烘的候车室，帮张婆婆找女儿。因为下雨，所有的乘客都躲在候车室里，本就不大的候车室此时已是人满为患。

张婆婆和李师傅将候车室找了个遍，还是没有找到乐乐。

"看到我女儿了吗？胖胖的，就这么高……"张婆婆比画着，逢人便问，可是，所有的人都朝她摇头。

张婆婆绝望地站在吵闹的候车室里，感觉天都要塌下来了。女儿不见了，她该怎么向丈夫交代？女儿会去哪儿，女儿在哪里呢？

"快，快去警务室报案！"寻了一大圈的李师傅突然想起了什么，拉起张婆婆就往警务室跑。

这一夜，张婆婆没敢回家，她在石门坎火车站守了一夜，她相信女儿是贪玩跑到哪里玩去了，等她玩够了，玩累了，就会回来。

第二天，张婆婆的丈夫老莫在火车站找到了她。当得知张婆婆把女儿丢了时，气急的老莫扬手就扇了张婆婆一记耳光。

张婆婆没有哭，这一记耳光让她突然明白，女儿不见了，女儿真的不见了！女儿就是她的一切，女儿不见了，家就没有温暖了，所以她必须去寻找女儿。

于是，张婆婆和她的丈夫老莫踏上了漫长的寻女之路。

可是，几个月后，张婆婆又回来了，而且还在火车站台旁边的黄葛树下摆了一个凉开水摊。那年，张婆婆只有二十七岁。

知道张婆婆女儿失踪的人会问她："女儿找回来了吗？"

张婆婆回答："没有！但是我要在这里等她。她记得石门坎火车站，她一定会回来找我的。"

张婆婆下定决心，就在这里等女儿。她将女儿的照片挂在凉开水摊前，只要有人来喝凉开水，她就指着女儿的照片说："这是我女儿乐乐，她不见了，你有没有见过她？"

一开始，张婆婆摆凉开水摊不要钱，就是为了吸引过往的行人，打探她女儿的消息。可时间长了，张婆婆变得经济拮据，连解决温饱都困难了。

就在张婆婆陷入困境时，石门坎火车站的职工向她伸出了温暖之手，经常救济她。当时的站长还建议她的凉开水摊收费，而张婆婆卖的凉开水全是火车站免费为她提供的。

张婆婆回到了石门坎火车站，她的丈夫老莫出去后，却只回来过两次，之后就杳无音讯了。

糖人李师傅还经常来石门坎火车站，每次来，都要陪张婆婆说说话。李师傅挑着担子走街串巷时，也在担子上挂上乐乐的照片，不管走到哪里，他都没有忘记帮张婆婆找女儿。

也不知道过了多少年，忽然有一天，出现在张婆婆面前的糖人师傅变成了一位年轻小伙子。小伙子告诉张婆婆，他叫李其锐，是糖人老李师傅收养的儿子，老李已经因病去世了。老李去世前交给小李一张照片，给小李讲了张婆婆的故事。

小李继承了老李的手艺，在川黔铁路上的各个火车站奔波卖糖人，同时也在帮张婆婆找乐乐。

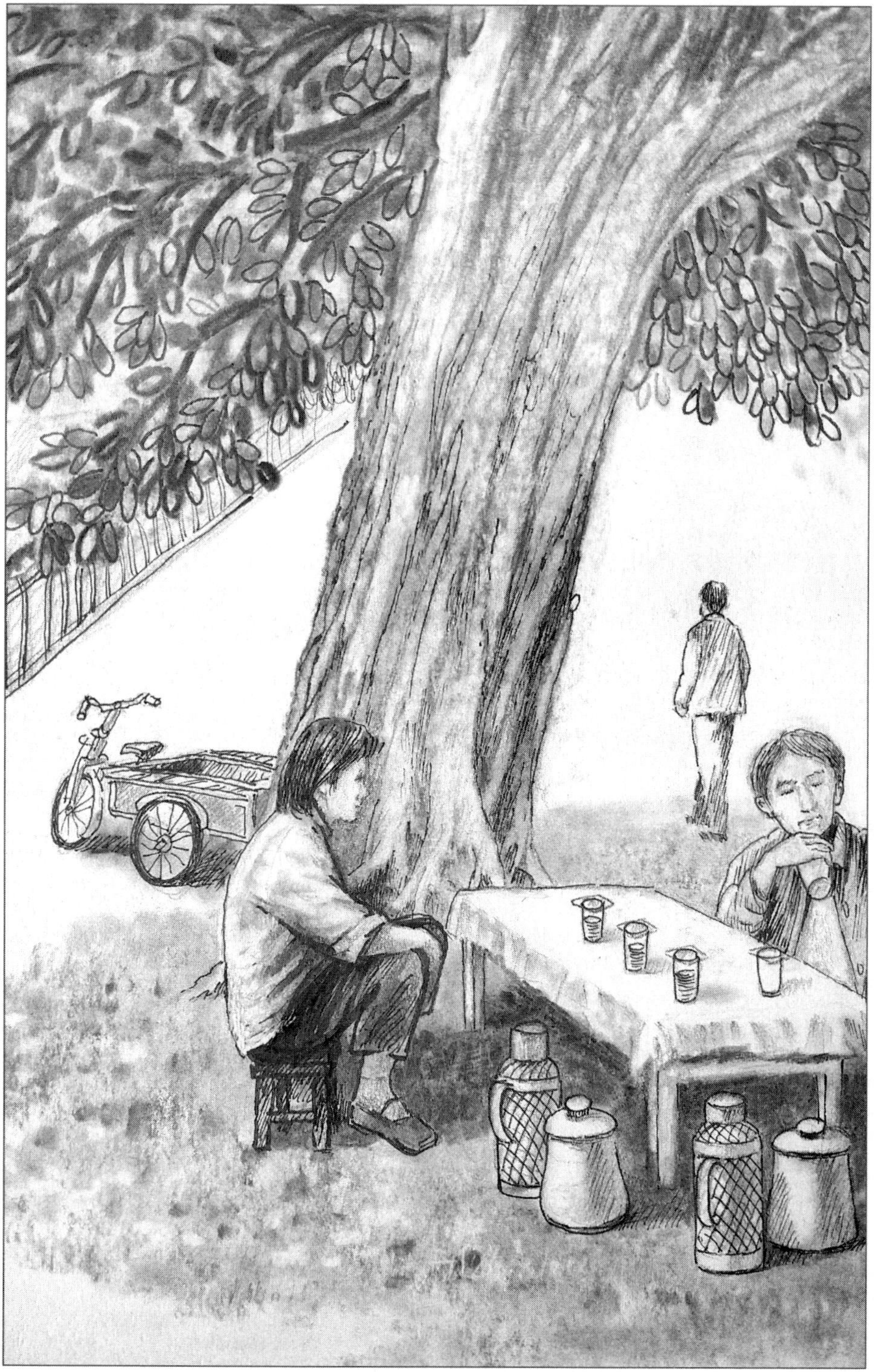

"那个经常到火车站来卖糖人的李伯伯就是他的儿子吗？"红梅问。

"是呀，就是他，这么多年了，他一直在帮我寻找女儿，每次来石门坎都给我带好吃的。"张婆婆说话时，脸上露出了笑容，"要是我闺女知道了,也会很感谢他的。"

来凤和红梅都沉浸在张婆婆的故事中，这时候汽笛鸣响，一辆列车准备进站了。张婆婆突然来了精神，她果断地站起来："火车进站了，不晓得乐乐在没在车上。"说完，张婆婆朝站台上跑去。

"我也去看看我爸爸来了没有。"望着张婆婆的身影，来凤丢下红梅，也朝站台上跑去。

第三章 火车站是个大家庭

站长伯伯说，一个母亲失去女儿已经非常痛苦了，我们向她伸出援助之手，就是希望用我们的爱温暖她寂寞孤独的心，让她感受到社会大家庭的温暖。

等待便有希望

　　此时的月光倾泻而下，照得远山、铁路、站台、树木都生机勃勃的，这是石门坎火车站特有的美。

　　远远地，胡阿姨看见张婆婆立在站牌下，她知道，张婆婆又在想女儿了。

　　因为张婆婆的女儿是下大雨时失踪的，所以，每次大雨过后，人们都能见到张婆婆在站台上徘徊、在站牌下等女儿的身影。

　　这些年来，张婆婆已成了胡阿姨的一个牵挂，每次大雨过后，胡阿姨都会到站台上来看张婆婆，她能够体会到张婆婆那种等待的心情，她知道等待是多么让人煎熬。

　　胡阿姨也能理解来凤的心情，一个只有十岁的小女孩，在本该无忧无虑的年龄和亲人走散，不得不承受等待的痛苦。胡阿姨总觉得内疚，如果当时自己不告诉来凤可以去煤矿买药的话，也许来凤就不会冒失地跑到煤矿去，也就不会因此误了火车。要是自己那天多长个心眼，就不会给来凤一家造成这么大的痛苦了。这种自责让她心神不安。现在，她只想照顾好来凤，等铁路上的工作人员找到来凤的父母。

月光下，胡阿姨看着红梅和来凤，看着站牌下的张婆婆。她知道，张婆婆一定在给两个孩子讲她女儿失踪的故事，这个故事张婆婆讲了不知道有多少遍了。

胡阿姨不想打扰张婆婆和孩子们的交流。可是当她看见火车进站，来凤跟着火车奔跑时，心又紧张起来，因为跟着火车奔跑不安全，而且这样的奔跑毫无意义。

这些天，来凤的情绪已经逐步稳定下来了，她也渐渐明白，耐心等待才是找到父母的唯一办法，就像张婆婆在外地寻找女儿几个月后又回到这里一样。或许有时候等待也是一种美好，就像张婆婆，等待成了她活着的希望，人活着必须要有希望。

站台上，一位穿制服的乘务员挡住了来凤，来凤不顾她的阻拦，挣脱了继续往前跑，胡阿姨立即赶了上去。

"来凤，不要跑了，我们就站在这里等，好吗？"

胡阿姨一把拉住来凤,"每一位下车的乘客都要从这里经过……"

"万一我爸爸坐在火车上,没有看见我呢?"来凤转过头来说。

"如果你爸爸真在车上,路过站台时他一定会往窗外看,你站在这里,他就能看见你。"来凤信了胡阿姨的话,停下来,规规矩矩地和胡阿姨站在了原地。

所有的乘客都上车了,车门再次被关上。三声鸣笛后,火车又踏上了新的征程。

火车开走了,站台上留下来凤和胡阿姨,不,还有不远处的红梅和张婆婆。

胡阿姨牵着来凤朝张婆婆和红梅走过去,张婆婆仍旧沉浸在悲伤里。

"你们走吧,别管我了。今晚月光好,乐乐最喜欢看天上的月亮,她看月亮时的表情,我至今都记得。"张婆婆一边说,一边朝站台的另一边走去。

"阿姨,张婆婆的女儿真的不见了吗?"来凤问。

"应该是不见了,十二年前我来石门坎时,别人就是这样说的。"胡阿姨说。

说到黄葛树,来凤突然想起手里还拽着的纸牌:"红梅姐姐，我们还是快去把纸牌挂在黄葛树上吧。"

"好，这就去。"红梅走了几步，突然停下来，"我想我们应该用一个塑料袋把纸牌包起来，这样雨水就不会把纸牌打湿了。"

"去哪儿找这么大的塑料袋？"胡阿姨说，"而且纸牌装进塑料袋后人家不一定能看得清上面的字。雨水淋湿了我们再做一个就是。"

"嗯，先挂起来再说吧。"来凤还是心急。

"这次我们可以把纸牌挂高一点，树上面的叶子更茂密更能遮雨。"胡阿姨说着话，带着来凤和红梅走到黄葛树下，举着手把纸牌挂在了树干上。

纸牌挂好，来凤安心了。回到家，胡阿姨催促两个女孩赶紧睡觉，而她自己却下楼去替换周叔叔。

周叔叔是火车站的装卸工，负责装卸火车运进运出的货物。火车站装卸工人少，他们基本上是二十四小时值班，有货物来就搬运，没有货物时就等待。工资是计件算，按劳取酬，他们也不愿意更多的人跟他们抢报酬。周叔叔已经在石门坎火车站当了十五年的装卸工，在装卸班班长岗位上也干了整整十年，他资格老，人缘好，陪过三任站长，称得上石门坎火车站的老职工。

十二年前,胡阿姨从重庆秀山县农村老家来到石门坎火车站投奔丈夫。他们俩一合计,找亲朋好友借来钱,在候车室旁边租下一套房子,开了这家"石门坎小超市"。周叔叔当装卸工,胡阿姨开超市,日子过得红红火火。

十一年前那个秋夜,清洁工付阿姨将一个在候车室发现的弃婴交到了客运办公室。乘务员将弃婴抱到超市来找胡阿姨,要她暂时照顾几天。弃婴只有两个月大,弃婴的父母在襁褓中留了一张纸条,写着弃婴的出生年月日。

胡阿姨对弃婴精心呵护着,一直照顾了半年。这半年,婴儿不断成长,特别爱笑,一双眼睛又黑又亮,胡阿姨和弃婴有了感情,舍不得送走她,加上一直没有找到她的父母,就到当地民政部门办了收养手续,弃婴便名正言顺地成了她的女儿。

不过,这十一年来,火车站的工作人员换了一茬又一茬,就连站长都换了三个。现在石门坎火车站的工作人员,已经没有人知道她当年收养弃婴的事了。

但是,胡阿姨知道有一个人还记得这事,那个人就是张婆婆。

到学校去读书

还有两天,学校就要开学了,这两天红梅都待在家里赶暑假作业。

来凤仍天天到黄葛树下去等爸爸妈妈,尽管她知道妈妈不可能回来找她,但她还是把希望寄托在了等待上。

张婆婆有来凤陪着,也不再像过去那样寂寞,她时常重复地给来凤讲火车站的往事。过往行人在停下来喝杯凉开水时,都会禁不住问一句:"张婆婆,这是你外孙女吧?长得多水灵。"

每当这个时候,张婆婆就会看着来凤笑,她也希望眼前的来凤就是自己的外孙女。

中午,正是阳光最毒辣的时候,站台附近像被烤化似的,卖糖人的李伯伯却挑着担子,顶着烈日,沿着铁路从煤矿那边走了过来。

他在黄葛树下放下担子歇脚,喝了两杯凉开水,然后硬塞给张婆婆一元钱。

"这个小女孩是你外孙女吗?你女儿回家了?"李伯伯看着来凤,疑惑地问。

"要是我女儿真的回家了,我就不在这里摆凉开水摊了。"张婆婆说,"我做梦都梦见她回家了。"

"你女儿也该有三十多岁了吧?"李伯伯从担子上取下照片,"就是遇见她,我也不知道这张照片上的小女孩就是她,还是换一张吧。"

张婆婆愣了一下:"只有这张照片。万一她遇到你,她一看这张照片就知道……"

李伯伯摇了摇头,发出一声叹息,也就在这时,李伯伯忽然看见了黄葛树上的纸牌,他一字一句地读完后,将目光落在了来凤脸上,突然明白了。

稍顿,李伯伯抬起头问来凤:"小朋友,想要个什么糖人?伯伯今天专门为你做一个,不要钱,免费送你。"

"伯伯,你能帮我找爸爸妈妈吗?"来凤问。

"当然可以。"

"我叫马来凤,如果你看到了就告诉他们,马来凤在石门坎火车站等他们。"

"嗯,我会的,你放心。你好好听张婆婆的话,在这里等着,他们会来找你的。"李伯伯说着,给来凤做了个糖人孙悟空,"孙悟空会翻筋斗云,一个筋斗就能上天,就能跑十万八千里,只要他站在云端上就能看见你爸爸在哪里……"

"李伯伯,我也要个孙悟空。"红梅过来,正好看见李伯伯把做好的糖人孙悟空递给来凤。

"今天你来得巧,我也免费送你一个。"李伯伯快速做好糖人孙悟空送给了红梅。

这天下午,李伯伯就在黄葛树下摆起了摊,直到傍晚时分,才坐上重庆到贵阳的慢车走了。

快开学了,来凤的父母还是没有音讯,火车站的工作人员一次又一次地询问,铁路公安部门都没有传来好消息。

站长伯伯在职工会上说:"看来来凤在短时间内是无法离开石门坎火车站了。学校马上就要开学了,我们也不能耽搁孩子的学习,还是要让她先去上学。既然孩子滞留在了我们这个站,我们就要对孩子负责。"

于是当天下午,站长伯伯带上办公室主任小熊叔叔,到松藻煤矿子弟校去联系来凤上学的事。

松藻煤矿地处老川黔铁路重庆市与贵州省交界的峡谷中，松坎河蜿蜒流过矿区，河两岸就是居民住宅区和文娱活动区。鼎盛时期，有五六万人在松藻煤矿工作、生活。

　　松藻煤矿就像一个现代化的小县城，楼房、街道依山而建，工人俱乐部、商场、学校、邮电所、文化广场，应有尽有。企业红火，附近的村民也跟着沾光，特别是附近农村的学龄儿童，大都在松藻煤矿子弟校上学。

　　松藻煤矿子弟校背靠青山，走进校园，绿色映入眼帘；操场上空，五星红旗迎风飘扬。

　　"到石门坎火车站工作快六年了，我还从来没有来过这所学校。"站长伯伯站在操场上，望着飘扬的五星红旗说。

　　"再穷也不能穷孩子，再苦也不能苦学校。孩子是祖国的未来，学校就是放飞希望的地方。"小熊叔叔马上接话说，"在大山深处，在广大的农村，修得最好最气派的就是学校！"

　　"有出息啊，小熊。"站长伯伯转过身，看着小熊叔叔说，"社会发展得这么快，你说，以后要都是高速铁路了，还要不要我们这些守火车站的人？"

小熊叔叔挠了挠头,一时答不上来。

站长伯伯笑了:"不管是慢车还是快车,我看都需要为人民服务的人,每个时代都需要有本领的人……"

说话间,两人已经来到了二楼的校长办公室。

一看是铁路上的人来了,郑校长马上迎上来,和站长伯伯握手:"欢迎到我们学校指导工作呀,我姓郑……"

一阵寒暄后,站长伯伯说明了来意。

郑校长当即表示没问题,并说一定会支持火车站的工作。

"不过……"郑校长又露出了为难的表情,"目前我们中心区这所学校已经人满了,不好安排……"

站长伯伯心里一紧,看着郑校长:"郑校长,你要帮帮忙,我们铁路上的职工也是在做好事。每年都有那么几个老人或小孩因为误了火车在我们站上停留,而这次这个女孩是小学生,情况不一样。有句话不是说,再苦再累都不能苦了孩子吗,我们不能耽搁了小孩的学习呀。"

"哈哈!"郑校长笑着说,"那是当然的,学校不就是保证孩子有书读的地方吗?我的意思是说,我们中心区学校的名额已经满了,那个叫马来凤的女孩就只能到河对面的分校去读书了,那边还有名额。"

"当然可以,只要能让来凤读书,路远点又有什么关系呢?"站长伯伯笑着,心头悬着的石头终于落了地。

"火车站的工作我们肯定要支持,况且你们还是当代活雷锋,为了一个滞留车站的小女孩,你们专门到学校来联系,我应该向你们学习呀!"郑校长说完,向站长伯伯鞠了一躬。

接下来,郑校长带着站长伯伯和小熊叔叔到分校去看教室。

分校在峡谷的半山腰上,教学楼的后面就是悬崖峭壁,悬崖峭壁下就是奔流不息的松坎河。站长伯伯来到三楼的教学楼,从后窗往下看,正好看到石门坎火车站。

站长伯伯之前从资料中了解到,松藻煤矿始建于1958年,当年,第一批开矿的工程技术人员到来时,这里还是荒凉原始的峡谷。几十年来,一批又一批的生产建设者在这里采煤生产,将过去荒凉的峡谷建成了现代化的大型煤矿。虽说矿区的生产经营设备和生活设施都建在山坡上,但房屋建筑错落有致,街道起伏宽敞,绿化美观,百里矿山欣欣向荣,松藻煤城遐迩闻名。

望着煤城风景,站长伯伯心里油然升起对煤矿建设者和煤矿工人的敬佩之意。

　　石门坎火车站建于1959年，是与松藻煤矿同时代建设的。车站的客货运业务也是以松藻煤矿为主的，可以说石门坎火车站是应松藻煤矿的需求而建的车站。

　　站长伯伯想，以后应该多到松藻煤矿走走，欣赏祖国的大好河山，应该从身边的风景开始。

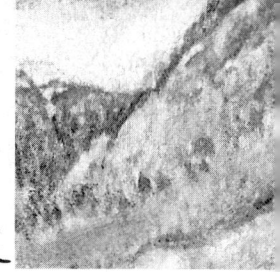

黄葛树下很温暖

红梅就读的学校就是松藻煤矿子弟校的分校。开学后，红梅就该读小学六年级了。

红梅的班主任是年轻漂亮的张老师，不但教语文，还教音乐；不但会弹风琴，还能把吉他弹得十分动听。红梅最喜欢看张老师弹吉他。六一儿童节那天，张老师上台表演节目，她穿着一条白色连衣裙，怀抱吉他坐在台上，边弹边唱歌的样子特别漂亮，完全就是电视里明星的模样。

可是，今天负责她们班报到的却是崔老师。崔老师虽说也年轻，但左看右看都没有张老师漂亮，特别是她笑起来的时候，嘴角没有好看的酒窝。

"张老师不教我们班了吗？"

"张老师是不是调走了啊？"

排队报到时，大家都在议论。

轮到红梅时，她大着胆子问了一句："张老师还教我们吗？"

崔老师抬起头，看了红梅一眼："当然教呀！但是，从这学期开始，张老师就只教你们音乐了……"

"什么？只教音乐啊！"大家异口同声发出惊叹。

"因为张老师在师范学校学的就是音乐呀。"崔老师补充说，"从这学期开始，她专门教高年级的音乐，也包括你们班。"

听到这个回答，同学们都有点失望，但想想张老师还要教音乐，也算是六年级的老师，这种失望也就没有那么强烈了。

胡阿姨牵着来凤过来了，王阿姨跟在后面。

起初，来凤是不愿意来读书的，后来在大家的鼓励下，来凤还是鼓起勇气来了。

站长伯伯交代王阿姨给来凤买书包和文具。所以报名后，王阿姨就带着红梅和来凤来到了文具店。

来凤是一个很懂事的女孩，她知道两个阿姨都在帮她，所以阿姨选什么颜色、什么图案的书包她都接受，并告诉王阿姨她很喜欢。

书包和文具挑好后，两位阿姨还专门请她吃了一顿火锅，火锅咕噜咕噜冒着热气，吃得身上暖暖的，就像两位阿姨对她的关心和照顾，让她心里也暖暖的。

第二天一早，红梅和来凤一起去上学，坐在黄葛树下的张婆婆老远就看见了两个女孩，跟她们说学校远，先坐下喝杯凉开水再走。

"张婆婆，学校不远，就在对面。"来凤指着山上的学校说。

"我知道你们的学校就在对面山上，看着近，走起来可远呢。"

虽然知道张婆婆是好意，但红梅心里算着时间，她拉过来凤，小声说："妹妹，我们还是快走吧，要迟到了。"

"嗯。"来凤走了几步，转过头来对张婆婆说，"婆婆，要迟到了，我们就不喝凉开水了，不过还是要麻烦你帮我守纸牌。如果被风吹掉了，你就帮我挂上去吧。"

"要得，要得，闺女，你就好好上学吧。学了文化，长大了就有出息。"

可是，来凤从张婆婆的眼神里看到了失望。来凤看到桌子上的两杯凉开水，突然明白了，她转过身，拿起水杯喝完凉开水。见红梅愣在原地，她说："姐姐，你也喝一杯啊，这是张婆婆专门为咱俩准备的啊。"

"对，对，对！"张婆婆忙答应着。

张婆婆看见红梅也喝了凉开水，脸上的笑容灿烂起来。

从那以后，每天早上红梅和来凤上学路过黄葛树时，都要喝一杯婆婆为她们俩准备的凉开水。

时间过得真快，一转眼就白露了，白露后一切都由绿变黄，只有这天气还是那么闷热，就像秋天的老虎般，咬着夏天的小尾巴不放。放学后，红梅和来凤一走到黄葛树下就想喝凉开水。张婆婆知道两个闺女要回来了，已经提前把凉开水准备好了。

"我就知道你们两个要放学回家了。"张婆婆笑着说，"猜猜，我是怎么知道的呢？"

"猜的呗。"红梅说。

张婆婆摇摇头，很神秘地说："因为呀，我听得见你们学校的铃声。"

两个女孩同时哦了一声，又同时转身看向对面山上的学校。

"要是，要是这条河上有座桥就好了，我们上学就不用绕那么远的路了。"来凤自言自语道。

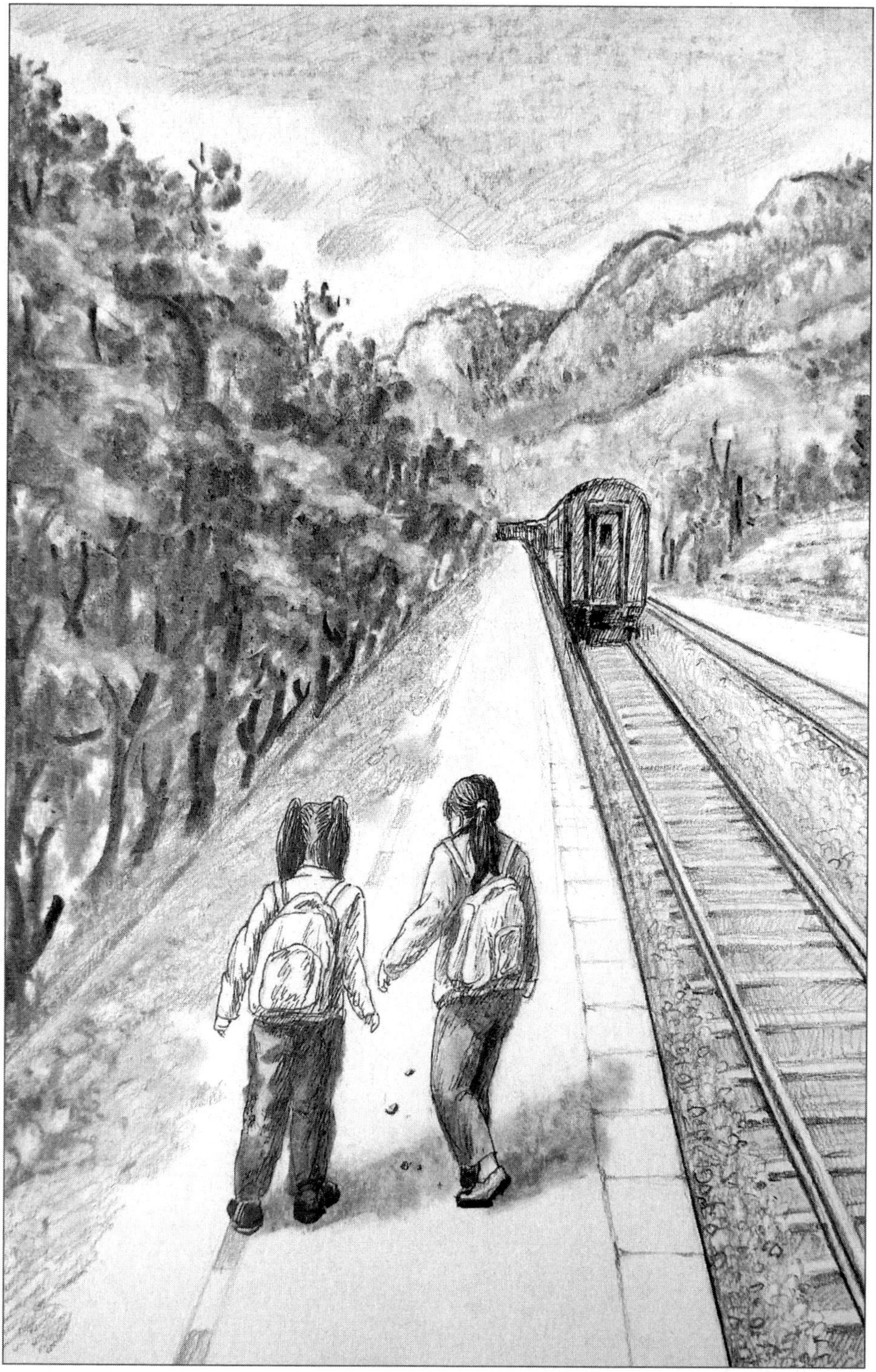

"我长大要当一名工程师,就在这里修建一座大桥,方便在学校读书的每一个人。"红梅说。

"好主意。"张婆婆点点头,为红梅的想法鼓掌,"我就等你们长大了在这里修座桥,那时候我外孙女的孩子上学也不用跑那么远的路了。"张婆婆高兴的时候,可爱得像一个小孩。

来凤和红梅赶着做作业,没和张婆婆再多说什么,就告别回家了。张婆婆望着她们的背影,心里有说不出的失落,好像日子又回到了从前,满是孤单。

张婆婆的家

这天下午放学，来凤和红梅路过黄葛树时，发现张婆婆不在。

"张婆婆呢？早上还在这里。"黄葛树下空荡荡的，来凤有点不习惯。

"张婆婆去哪儿了呢？"红梅在原地转了个圈，没有发现张婆婆的身影。

"张婆婆会不会是生病了？"

"张婆婆会不会……"

两个女孩猜想着。

"要不，我们去张婆婆家看看？我还从来没有去过张婆婆家呢。"红梅指着铁道上面的山坡说，"好像她的家就在那儿，我妈妈去过几次。我想起来了，我妈妈每次去都是因为张婆婆生病了。"

"你是说张婆婆生病了？"

"完全有可能，她一个人住，生病了也没有人知道。"红梅分析着。来凤听得很是担心。

"姐姐，我们去看看吧，现在时间还早，万一……"来凤不敢往下想，怕真的被自己说中了。

红梅望着蓝天，下定决心："好嘛，我们去张婆婆家。不管张婆婆是不是生病，我们都应该去看看她。"两个女孩掉头朝煤矿方向跑去。

要想到后山坡就必须绕过铁路，从煤仓那边上去。因为从来没有去过，两个女孩到了煤仓后，只得边询问边爬上山坡。山坡上的一处平地上，坐落着几幢砖瓦房，因为年久失修，房子已经破旧不堪，摇摇欲坠。

"张婆婆会不会就住在这里？"来凤问。

"应该不会吧，这里这么破烂，怎么能住人？"

两个女孩远远看见其中一家门前的竹竿上晾着衣服。来凤眼尖，一眼就认出是张婆婆的衣服。

两个女孩走进门，看见屋里有一张方桌子，左边是厨房。她们又退出来，绕到房子后面，看见张婆婆正在往房顶上铺塑料布。

见此情景，两个女孩都没有说话。

"姐姐,我们去帮帮张婆婆吧。"过了片刻,来凤轻声说。

红梅没有说话,迈开步子走了过去。

"张婆婆!"来凤叫了一声。

张婆婆转过身来,发现是她们,愣了一下,手里的塑料布掉在了地上。

"张婆婆,我们来帮你铺。"红梅俯身拾起塑料布。

"闺女,你们怎么来了?"张婆婆问。

"我们在黄葛树下没看见你,所以……"来凤说。

"哦,是这样啊!"张婆婆笑笑,认真解释起来,"前几天不是下了一场大雨吗?山上的水流下来把我的房顶冲坏了,今天我专门去煤矿买了一块塑料布来遮着,说不定过几天还要下雨。这雨啊,可由不得人,总是说来就来……"张婆婆说着话,又转身将塑料布往房顶上铺,可费了好大劲都没有铺上去。

"张婆婆,你这样是铺不上去的。"红梅说,"你等等,我去找一根竹竿来……"

张婆婆犹豫了一下,放下手里的塑料布,说:"算了,今天不铺了……"

"不铺怎么行!"红梅犯难了,这时她突然想到了爸爸，妈妈经常夸爸爸心灵手巧，这点小事情肯定难不住他的，"张婆婆，先别铺了，等会儿我回家去找爸爸来帮你铺，你看可以吗？"

"成，那我呀，就先不铺了。"说着，张婆婆便将塑料布放到一边，领着两个女孩进了屋。

张婆婆的家不大，总共就两间屋子，外面是客厅、厨房，里面是卧室。卧室的房顶已经有了裂缝，一束阳光从缝隙里钻进来。卧室里就一张床、一个木柜，木柜上放了几件冬天的衣服。

张婆婆家房顶漏雨，卧室地面很湿，这让站在屋里的来凤想起了自己的家，她的家也在山坡上，也是砖瓦房，但家里干净卫生，有沙发，有大床，还有电视机，而且每年过年的时候，妈妈都要带着她一起打阳尘，爸爸回家还要维修房顶。爸爸说过，等他在城里挣到钱了，就回家修一幢小楼房给她和妈妈住。

想起爸爸妈妈，来凤心里又难过起来。

傍晚的时候，周叔叔去给张婆婆铺好了房顶。周叔叔发现，张婆婆这房子虽然翻修过，但因为修建时间太久，还是有危险。这里的房子都是以前煤矿的工人私建的，以前住了七八家人，现在都搬走了，只有张婆婆还守在这里。

周叔叔回家和胡阿姨商量,想把张婆婆接到家里来住。胡阿姨同意,但张婆婆却不愿意。

周叔叔劝说无果,胡阿姨又去劝。

"张婆婆啊,你就听我一句劝嘛,你看你家的房子都已经破成这个样子了,你还怎么住?再说了,你一个人住在这里多寂寞啊!要是你搬到我家,我家两个闺女天天都可以陪你摆龙门阵,你到黄葛树下摆凉开水摊也不用辛苦地走那么远的路了……"可不管胡阿姨如何劝说,张婆婆就是不愿意搬走。

张婆婆为啥不愿意?理由很简单,她女儿在这里出生,在这里长大,她怕自己搬走了,女儿回来就找不到家了,她要在这里等女儿回来。

实在没有办法,周叔叔和胡阿姨又商量着帮张婆婆维修房子,首先要疏通房前屋后的排水沟,然后……周叔叔想了想,张婆婆的房子都该重建了。

周叔叔和胡阿姨要帮张婆婆维修房子的事,很快就被站长伯伯知道了。一天下午,站长伯伯带两个人去察看,当即表示要张婆婆迁下山,住进火车站的房子里。但是,张婆婆拒绝了。

站长伯伯考虑了很久，最后还是决定先帮张婆婆维修房子。火车站的工作人员知道这件事后，纷纷捐款。

十年前，石门坎火车站的职工就为张婆婆维修过房子，而现在，爱心接力仍然在继续。

"张婆婆天天都在黄葛树下摆凉开水摊，我们都了解她为什么要在这里摆摊。一个失去女儿的母亲已经非常痛苦了，每天还要独自住在这么危险的屋子里。我们向她伸出援助之手，就是希望用我们的爱心温暖她寂寞孤独的心，让她感受到社会大家庭的温暖。"站长伯伯说这话的时候，红梅和来凤就站在他面前，她们看见站长伯伯眼里含着泪水，也从他的话里听出了人间真情，这真情是爱心，更是希望。

在一个阳光明媚的周末，火车站几个休班的职工扛着工具来到了张婆婆家。站长伯伯组织几个职工将砖头和水泥搬运上山，然后大家齐心协力，将张婆婆的房子再次维修加固。周叔叔和胡阿姨给张婆婆买了一张新床和一套新被褥。不过这一切大家都没有告诉张婆婆，想给她一个惊喜。

当太阳的最后一丝光芒藏进山坳后，张婆婆收拾好摊子，蹒跚着回到家。她简直不敢相信，自己的房子在一天之内竟然变了模样。她久久站在房门前不敢跨进去。突然，屋内亮起了灯光，张婆婆看到屋子里的人，就什么都明白了。

"张婆婆，生日快乐！"红梅和来凤从屋里走出来，上前扶起早已老泪纵横的张婆婆。

屋子里有十多个人，桌子上摆满了饭菜。灯光下，粉刷过的墙壁干净耀眼，张婆婆伸手摸了摸墙壁，又看着明亮了许多的电灯，激动极了。

"张婆婆，你这边坐，今天是你的生日。"站长伯伯说，"红梅和来凤还特意给你买了个生日蛋糕。"

看着眼前的一切，张婆婆已经感动得说不出话了，这是三十多年来，第一次有这么多人为她过生日；也是三十多年来，她第一次有了家的感觉。

第四章　上学也烦恼

幸洋哥哥为何要离家出走？来凤想，要是她家有这么好的条件，她一定会认真学习。

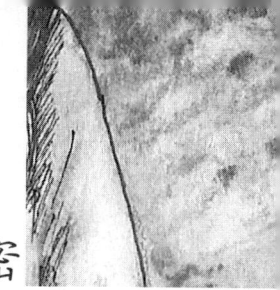

张婆婆的秘密

两个女孩上学了，胡阿姨也开始忙碌起来。

忙什么？忙着买菜、做饭。石门坎火车站，除了工作人员和几个做餐饮百货生意的人外，基本上没有居民，因此，这里没有农贸市场。偶尔会有附近的村民挑点蔬菜来卖，但种类单调，远远不能满足他们的需求。在石门坎火车站开餐馆的人，包括石门坎火车站的职工食堂，每天都派专人到松藻煤矿的农贸市场采购食材。

住在火车站，胡阿姨最头痛的就是买菜的事。红梅和来凤正是长身体的时候，读书动脑筋，需要补充营养，所以胡阿姨每天都要想方设法地换着花样做饭给她们俩吃。

从这学期开始，学生们每天中午都集体在学校用餐了。这个消息对胡阿姨来说喜忧参半。

喜的是，她中午可以不用再考虑给红梅和来凤做什么营养餐了，而且自己的吃饭时间也可以灵活处理了。以前，家里基本上是十二点半准时吃饭。学校中午的放学时间是十一点五十分，红梅她们从学校到家要花差不多三十分钟，一点多钟又必须背上书包去上学，所以胡阿姨必须在十二半以前做好饭菜。

忧的是，胡阿姨担心学校的伙食营养不够。

有一天中午，她以送毛巾为借口，到学校看了看孩子们的午餐。孩子们统一在教室里吃饭，大家都争着抢着吃，这种吃饭氛围让胡阿姨很是高兴。再看孩子们吃的菜，鸭子炖汤、芋儿烧鸡、炒南瓜、凉拌藤菜，三菜一汤，荤素搭配得当，胡阿姨也很满意。这么一打探，胡阿姨的担忧也就被打消了。

午餐不错，早餐和晚餐也不能马虎，胡阿姨决定集中精力把两个孩子的早餐、晚餐做好。胡阿姨忙并快乐着，看着两个女孩吃得津津有味，她心里就会产生一种成就感。

但是，不管胡阿姨做的菜有多好吃，这里的学校有多美，叔叔阿姨对她有多关心，来凤还是很想念爸爸妈妈，也经常被噩梦惊醒。每到周末，来凤还是会和张婆婆一起守在黄葛树下等爸爸。

张婆婆依然每天清晨来摆凉开水摊,天擦黑了才收摊。

收摊后,张婆婆还要到站台上转悠转悠,一发现乘客扔下的矿泉水瓶子,就捡起来装进塑料袋里,攒多了就拿到煤矿的废品收购站卖钱。

大家都知道张婆婆挣钱很不容易,所以火车站的工作人员每次发现有乘客扔下的矿泉水瓶子,也会捡起来放在收发室里,等张婆婆去拿。

这天傍晚,一直下着雨,张婆婆去火车站职工食堂买了两个馒头,到收发室去装了矿泉水瓶子,然后打着雨伞沿着铁路回家。

可是,来凤发现,正在雨中行走的张婆婆,突然在前面的铁路桥旁下了轨道。来凤心里纳闷,下着雨,天也快黑了,张婆婆还去桥下干什么?来凤悄悄跟了过去。

铁路桥距站台大约有四百米远,桥下是一个深沟,从山上流下来的水就通过这条深沟流到松坎河里。桥旁边有一条小路通往桥下。天上下雨,路面有积水,桥下却是干燥的。

"慢点吃,吃了就有力气了,等有了力气,你就回家吧。"刚踏上小路，来凤就听见张婆婆在说话。

"张婆婆在和谁说话呢？"来凤嘀咕着，急忙往下走。走近了，她看见张婆婆正对着一个少年说话。那少年穿着一套深蓝色运动服，正大口大口地啃着馒头。

来凤的到来让张婆婆大吃一惊："闺女，你怎么也来了？"

"张婆婆，这个哥哥是谁啊？"

"我也不知道。"张婆婆又问少年，"你叫什么名字？"

少年摇摇头，不说话。

"他是聋哑人吗？"来凤问。

"不知道。"张婆婆将来凤拉到一旁，讲起了她和这个少年的相遇。

三天前的傍晚，张婆婆回家路过这里时，听见下面有声音。她下来一看，发现这个少年正和一只黄狗抢东西吃，张婆婆急忙替少年赶走了那只黄狗。张婆婆见他可怜，便到松藻煤矿为他买了两个热乎的馒头。只是少年一直不说话，张婆婆也不知道他从哪里来，为什么会在这里。连续三天了，张婆婆每天按时给少年送馒头。

少年吃了馒头，张婆婆又走过去，将水递给了他。

"能告诉婆婆你叫什么名字，家住在哪儿吗？"张

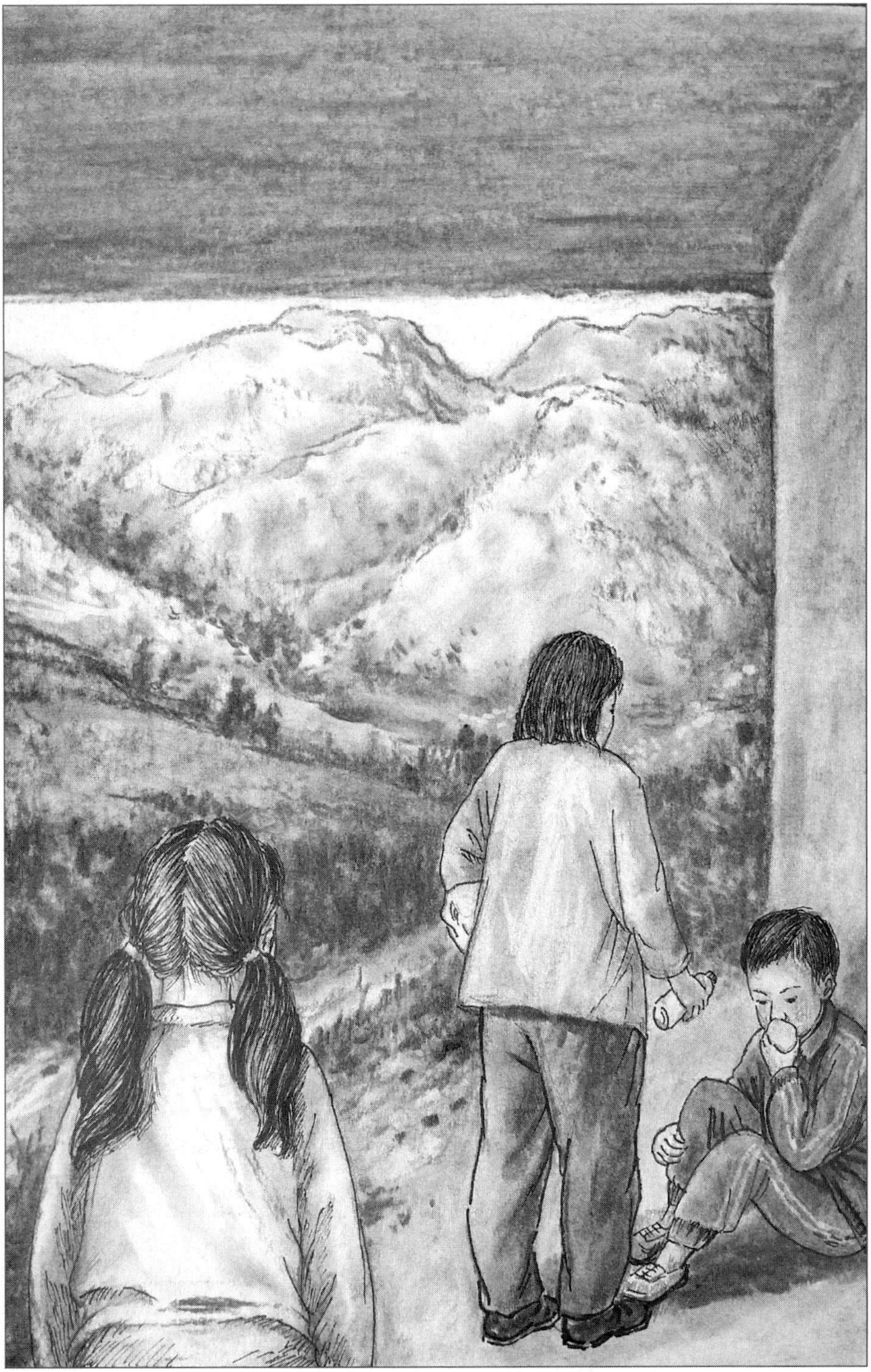

婆婆蹲下身说,"婆婆可以送你回去,婆婆送不到的地方还有火车站的叔叔阿姨,他们都是好人,都喜欢帮助人。"

少年仍旧不说话,只是防备地望着她们。张婆婆和来凤没办法,默默在一旁陪着少年。直到天色完全黑下来,张婆婆才催促来凤回家。

"闺女,你赶紧回家吧,你阿姨会担心的。"

"那你呢?你回家吗?"来凤问张婆婆。

"我当然要回家,我这就回去。"

"那他怎么办?"来凤指着少年说。

少年一边后退,一边用手比画,意思是:你们不要管我。

来凤觉得自己不应该放弃他。于是,她蹲在少年面前,小声说:"哥哥,你还是跟我一起回火车站吧,火车站的叔叔阿姨可好了……"

坐在地上的少年又退缩了几步,还是比画着,嘴里发出咿咿呀呀的声音。

"来凤,来凤……"就在这时,铁路上传来了红梅的声音。

"糟了,姐姐在找我。"来凤立即站起来跑了几步,伸长脖子冲铁路方向大喊,"红梅姐姐,我在这儿呢!"

"啊，来凤，你怎么在桥下？你怎么了？"红梅很惊讶。和红梅一起来的还有周叔叔，他们三步并作两步来到桥下，也看见了那个少年。

"来凤，这是怎么回事？他是谁？"周叔叔指着少年问。

"张婆婆，他是……"见来凤没说话，周叔叔又问张婆婆。

"哦，是这样的……"张婆婆将她对来凤说过的话又跟周叔叔讲了一遍。

周叔叔慢慢走到少年身边，蹲下来，认真地打量着少年，想起了火车站附近张贴着的寻人启事。"还是送他到火车站去吧，这里很不安全。"周叔叔站起身，若有所思地说。

"那就送到火车站。"张婆婆说，"你来了就好了，这孩子真是可怜啊，问他什么都不说。"

"这可不行，总得问清楚。"周叔叔强行将少年从地上拉起来，"孩子，跟叔叔一起回火车站吧，你一直在这里，你爸爸妈妈该多担心啊。"

少年想挣开周叔叔的手，可周叔叔的手像一把钳子似的，紧紧抓住他不放。

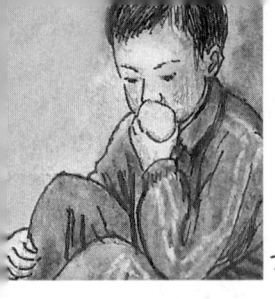

为什么不想回家

周叔叔先是将少年"抓"回了家,然后用"命令"的口吻,让他去洗了热水澡,还找来自己的干净衣服给他换上,胡阿姨则给他煮了一碗热汤面。待少年吃饱喝足后,周叔叔才将他带到了警务室。

"小李,你看我找到谁了?"周叔叔将少年按在长椅上坐下。

"谁?"小李叔叔看了看少年,又看看周叔叔。

"就是他!"周叔叔指着门外说,"外面墙上贴着的寻人启事,这就是寻人启事上的那个男孩。"

"真是他?"小李叔叔忙起身冲到门外,看了看寻人启事上的照片,然后冲回来认真地打量了一下面前的少年,"呃,还真的是他!老周,你找到他的时候他在哪里?"

"桥下，那边的桥下。"

趁周叔叔不备，少年忽然起身，猫着腰往外跑，谁知周叔叔眼疾手快，猛地抓住了他。

"叔叔，你就饶了我吧，我真的不想回家。"少年大声说。

"原来他会说话啊！"站在门外的来凤和红梅大吃一惊，"他不但会说话，而且声音洪亮。"两个女孩相视而笑。

"警察叔叔，你就别管我了吧，我不想回家，我又没有犯法。"少年大声说。

小李叔叔示意周叔叔将警务室的门关上，来凤和红梅被关在了门外。透过窗户，红梅看见小李叔叔正在打电话。

"喂，你是幸世明吗？对，我们是石门坎火车站的乘警……你的孩子是叫幸洋吧，幸福的幸，喜洋洋的洋……他在石门坎火车站……嗯，现在就在火车站，你尽快来接他吧。对，石门坎火车站。从重庆到贵阳，重庆的最后一站……嗯，快车慢车都有……好的，来了车站直接到警务室来找我们……"

小李叔叔放下电话，对周叔叔说："老周，麻烦你了！

我们会安排专人照顾他，明天下午他父亲就会赶来。"

"那就好，那孩子就交给你们，我就先回去了。"说完，周叔叔从警务室走了出来。来凤追着周叔叔问："周叔叔，他也和爸爸妈妈走散了吗？你们是不是找到他爸爸妈妈了？"

"不是，他不是走散的，是离家出走的。"周叔叔说，"其实上个星期火车站就接到重庆站发来的寻人启事，他叫幸洋，是重庆主城区的。"

"他为什么要离家出走呢？"来凤又问。

"具体为什么，我也不知道，明天他爸爸来了我们就知道真相了。"周叔叔说，"走吧，先回家吧。今晚有乘警叔叔看着他，不会有问题。"三人一转身，发现张婆婆就站在旁边。

"张婆婆，你还没有回家？"红梅关切地问。

"我不放心他，要是没有人收留他，我就把他带回家照顾。"张婆婆轻声说道，"要是我的闺女回家了，我的外孙女也该这么大了……"

"张婆婆你放心吧，有警察帮他，他会很安全，明天下午他爸爸就来接他回家了。"周叔叔忙解释。

"哦，那就好，多好的孩子啊。"张婆婆说。

"张婆婆,都这么晚了,你就不要回去了,到我家去住一夜吧。"周叔叔说。

"不晚,不晚,这样多麻烦你们。"张婆婆一边走,嘴里还一边念叨,"孩子安全就好,安全就好。我回家了,我回家了……"

看着张婆婆的背影,来凤有些难过,因为她又想起了外婆。外婆在老家,等不到来凤,等不到来凤的妈妈,一定会很着急。这样一想,来凤没忍住哭出了声,她抢过红梅手里的雨伞,朝张婆婆追过去,红梅也跟着追过去。

这天夜里,两个女孩冒着雨,和周叔叔一起,将张婆婆送回了家。等他们回到家时,已经是夜里九点,但胡阿姨打心眼里为两个女孩感到骄傲,因为她们已经懂得关心别人了。

第二天是周末,天亮后,来凤来到警务室,她惦记着那个幸洋哥哥。警察叔叔说幸洋哥哥还在职工宿舍睡觉呢。幸洋哥哥为什么要离家出走?这是来凤想知道的,她想亲自问问他。

惦记幸洋哥哥的还有张婆婆,天亮后,张婆婆也来到了站台,她没去问警察,而是远远地站在火车站的职工宿舍院外张望。张婆婆猜测,昨夜幸洋哥哥一定是住在这院子里了。

"闺女,你也来了!"见到来凤,张婆婆便蹒跚着走了过去。

等到九点多钟还不见幸洋哥哥出来,张婆婆就拉着来凤进了院子。

幸洋哥哥住在底楼的一个房间里,房间外面坐着一位阿姨。阿姨说:"幸洋一直闹着要走,情绪不好,所以,只能把他关在房间里。"阿姨正说着,又听见幸洋哥哥在屋里捶门:"放我出去,你们没权力关着我……"

"孩子,你就别闹了,你不应该离开爸爸妈妈……"张婆婆忍不住说。

"婆婆,是你吗,婆婆?"幸洋哥哥大声吼,"婆婆,让他们放我出来吧,我不跑了,我真的不跑了。"

"快打开门吧,孩子说他不跑了。"

"张婆婆,你不能这样,万一他跑了咋办?我们这样做都是为了他好,为他的安全着想,他爸爸妈妈已经在来的路上了,我们要把他安全地交到他爸爸妈妈手里……"

张婆婆想了想,说:"这样吧,让我和闺女进屋陪他。"

守门的阿姨还是不同意,张婆婆只好作罢。张婆婆轻轻敲着房门，耐心劝解着幸洋哥哥："孩子，你就安心在屋里待着吧，你爸爸妈妈下午就来接你了，到时候你就自由了。"

天色阴晦，不知疲惫的小雨又下了整整一天。

傍晚时分，从重庆开往贵阳的快车上下来一位高个子男人，后面紧跟着一位身体微胖的妇女。高个子男人在站台上撑开雨伞，将身边的女人护于伞下。他们快速朝警务室走去。还没到警务室，他们先看到了墙上贴着的寻人启事，高个子男人愣了，女人在旁边推了他一下。

在警务室，高个子男人收了雨伞，指着墙上贴着的寻人启事，说："我是这个孩子的爸爸。"

警察叔叔看了看墙上的寻人启事，又上下打量一番高个子男人："你是孩子的父亲？"

"是的，我就是幸洋的爸爸幸世明，这是他妈妈罗殊。我们是接到石门坎火车站警务室的电话赶来的……"幸世明伯伯将身份证推到乘警面前。

"我的孩子呢？"罗殊阿姨急切地问了一句。

"你们稍等！"警察叔叔提起电话拨了一个号码，"吴站长，幸洋的爸爸妈妈来了……对，在警务室呢……好嘛，我请他们过去。"警察叔叔搁了电话，对幸世明夫妇说：

"吴站长请你们过去，就在左边院子里。"

"幸伯伯，我们带你们去吧。"红梅和来凤，还有张婆婆，从下午三点起就等在了警务室外面。

警察叔叔见了他们，露出笑容："那就交给你们了。"然后对幸世明说："就是这位张婆婆发现幸洋的，还照顾了他三天呢。"

"感谢你，张婆婆。"幸世明伯伯握住张婆婆的手，激动地从挎包里摸出两百块钱，"这两百块钱不成敬意，远远不能表达我对你的感激。"

张婆婆推开幸世明伯伯的手："这样可不好，你拿回去给孩子买点营养品吧，孩子更需要花钱。"

"伯伯快走嘛。"来凤拉住幸世明伯伯的手说，"哥哥一定很想你们。"

幸世明伯伯一到职工宿舍，守门的阿姨就开了门。

进了门，罗殊阿姨很激动，她上前想抱抱幸洋哥哥，却遭到了幸洋哥哥的拒绝。

"儿子，你就不想妈妈吗？"罗殊阿姨哭着问。

"你们让开，我没有你们这样的爸爸妈妈！"幸洋哥哥推开爸爸妈妈就要往外冲，而就在此刻，幸世明伯伯紧紧抱住了幸洋，生怕他再溜走。"儿子，以前是爸爸妈妈不好，爸爸妈妈知道错了，我们一定改正。跟我们回家吧，爸爸妈妈再也不逼你去上辅导班了，爸爸妈妈把自由还给你……"

这时候，周叔叔和胡阿姨赶了过来，站长伯伯和车站的几个叔叔阿姨也都赶来了。

来凤不知道幸洋哥哥和他爸爸妈妈之间发生了什么事，看他们的穿着打扮，家里的条件应该很好。来凤很羡慕幸洋哥哥，心想：换作是我，打死我，我也不会离开爸爸妈妈。

后来，来凤从幸世明伯伯和站长伯伯的交流中得知，幸世明伯伯是工程师，罗殊阿姨是小学老师，幸洋哥哥今年读初中二年级。爸爸妈妈希望幸洋哥哥将来能考上好大学，所以每个周末都要他去辅导班学习。上学期给他报了英语班和奥数班，可幸洋哥哥不喜欢，想在这学期报跆拳道，他爸爸不仅反对，还强行在英语班和奥数班之外又增报了许多幸洋哥哥并不喜欢的辅导班。

于是，幸洋哥哥就和爸爸妈妈闹僵了，他不喜欢爸爸妈妈这么强势地对他，更不喜欢爸爸剥夺他自由选择的权利。所以，趁着上辅导班，幸洋哥哥背着书包逃了出来，去火车站随意买了一张火车票就上车了，直到夜里才下车，下车后才知道这一站是石门坎火车站。他用身上仅有的钱买了两个馒头，因为没有找到旅馆，就来到火车站附近的桥下。也就在那天晚上，张婆婆路过铁路桥时，发现了他。

"感谢大家对我儿子的帮助，这份恩情，我真的不知该如何报答。"幸世明伯伯千恩万谢着这些好心人。

"这是我们应该做的，不需要报答，我们只希望你们能多听听孩子的意见，多理解孩子，更希望幸洋能健康成长。"站长伯伯说。

"记住了记住了，我以后不会再强迫孩子做他不愿意做的事情了……"幸世明伯伯感动地说。

幸伯伯想坐十点二十分从贵阳到重庆的慢车回家，站长伯伯也不多挽留，只是提醒他们火车还有二十分钟就进站了，得先去买票。

买了票，幸世明夫妇就牵着幸洋哥哥进了候车室，放心不下幸洋哥哥的张婆婆、来凤和红梅也跟了进去。

大概怕再次失去儿子吧，在候车室里，幸世明伯伯一直搂着儿子。此时的幸洋哥哥表现得非常温顺，也许在经历了这几天的磨难后，他已经深深地感觉到，爸爸妈妈才是他的避风港，家才是最温暖的地方。

来凤非常羡慕幸洋哥哥,她想起了一句歌词:"世上只有妈妈好,有妈的孩子是个宝。"眼前的幸洋哥哥就是爸爸妈妈的一个大宝贝呢。

　　张婆婆觉得幸洋的妈妈越看越像自己的闺女,于是在罗殊阿姨牵着儿子上火车时,情不自禁地抓起了她的手:"闺女,你好久又回来看我?"

　　罗殊阿姨先是一愣,马上又笑着说:"我们一定会再来的,我记住石门坎火车站了。"可是,张婆婆还死死拉住罗阿姨的手不放。

　　乘务员阿姨见了,忙过来拉开张婆婆:"张婆婆,她不是你的闺女,火车要开了,你放手吧。"

　　罗殊阿姨上车了,车门也关上了。张婆婆还是不死心,又跑到车窗下喊:"闺女,你要回家哟,娘在这里等你……"浑浊的泪水模糊了张婆婆的双眼。

想看大城市

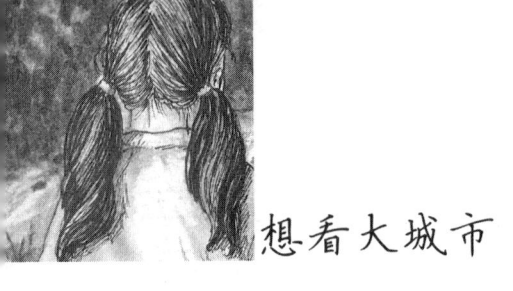

今天是个大晴天,连续几天的阴雨后,太阳比以前更勤快,早早就爬上了山顶,然后朝石门坎洒下温和的光。一大清早,来凤就起来了,她呆呆地望着窗外,不知在看什么。

"妹妹,起来得这么早,你在做什么啊?"红梅睡眼惺忪地问。

来凤没有理她,一声不吭。

"今天是不是很热啊,我是不是该穿裙子?"红梅又问。

来凤还是没有理她,也没有回头。

红梅从椅子上拉过来校服穿上后,才走过去看来凤。

"姐姐,我今天要去上学了。"来凤小声说。

"你本来就该去嘛,你都耽搁两天了。"红梅说,"学习是为了自己,你看那个幸洋哥哥,爸爸妈妈要他学习,他竟然还离家出走……"

来凤突然转身下楼了,红梅一愣,也跟着下了楼。

胡阿姨一大早就在超市里忙碌开了,超市里有几个人在选购东西。

"红梅,你爸爸一大早就去下货了。锅里有两个鸡蛋,你和来凤一人吃一个,然后就去松藻煤矿那边吃米线吧。晚上妈妈给你们炖鸡汤,用你最喜欢吃的干笋子炖。"胡阿姨一边收银一边说。

"妹妹,你等等我,你要去哪儿?"红梅没听清妈妈的话,只一心跟着来凤来到站台上,看着来凤朝张婆婆的凉开水摊走去。

红梅大喊:"妹妹,你就在黄葛树下等着我哟,我回去洗脸梳头,然后帮你把书包背过来。"说完,红梅以最快速度返回家洗漱,临走前,还拿了鸡蛋。当红梅背着两个书包来到黄葛树下时,却不见来凤的身影了。

"张婆婆,我来凤妹妹呢?"红梅喘着气问。

"她已经去学校了。"

"真的啊?不是说好在这里等我吗?她书包都没有背呢!"红梅把来凤的书包往肩上抖了抖。

"我也不知道，你去学校找她吧。"张婆婆说。

"好。"红梅嘴上应着，心里却有些生气，自己巴巴跑回去帮她拿书包，可她竟然先走了。气归气，红梅也没办法，妈妈说过，来凤和爸爸妈妈失去联系后心里很难过，所以不能对她发脾气，要好好照顾她。想到这里，红梅背着两个书包，迎着朝阳，大步朝学校走去。

路过铁路桥时，红梅情不自禁地想起了幸洋哥哥——那个因为不想上辅导班而离家出走的男生，眼前又浮现出他那双透着无助的双眼。

红梅在铁路桥上停了片刻，她抬头望着对面山上的学校，此时，学校正沐浴在金色的霞光中，而教学楼上飘扬着的五星红旗，就是大山中最美丽的风景。

石门坎火车站与对面山上的学校之间隔着一条湍急的河流，河边还是悬崖峭壁。峭壁下，河两岸的风景是红梅最喜欢的，这些风景一年又一年地伴着她成长。她长大了，那些小树也长高了。

妈妈说，只要努力学习，考上大学，就有机会到大城市去工作。妈妈说，石门坎的风景再美也没有大城市的高楼大厦美。大城市不但有高楼大厦，还有宽阔的街道和穿行在路上的车辆，那里晚上灯火通明，就连火车站都比石门坎火车站大十几倍。红梅很想到大城市去看看大火车站是什么样子。

红梅长这么大还从来没有去过大城市,她知道重庆和贵阳是大城市,这条铁路一头是重庆,一头是贵阳,石门坎火车站就在两个大城市之间。妈妈说过,等红梅小学毕业后,就带她到重庆去看大火车站。

红梅记住了妈妈的话,对重庆的大火车站越来越向往。

红梅继续沿着铁路往学校赶,途中有两列火车经过,红梅远远地避开。火车开过时会掀起一阵带沙尘的疾风,红梅最怕疾风吹乱了头发,因此,每次避让火车时红梅都要抱着头。

又一列火车开过后,红梅突然发现在前面行走的来凤。"来凤,来凤妹妹,你等等我,我是红梅,我是红梅!"

来凤已经走远了。

过了横在铁路上空的煤仓运输桥,就是松藻煤矿的地界了。煤仓右面的河边耸立着一座井架,那里就是松藻煤矿的井口。井口是工人上下班进出和从井下运煤炭出来的地方。

井口旁有一段很长的铁路,红梅经常看见工人推着小煤车从铁路上过。井口旁边还有一座钢架桥横在河上，连通了松坎河的两岸，但这座桥是不允许非工作人员通行的。她们还得再往前走，通过宽敞的松藻大桥到河对面去。不过，走到煤仓这里，就胜利在望了，每天走到这里时，红梅都会情不自禁地加快脚步。

来凤并没有停下来，红梅只得迈开大步追，她要追到来凤，然后带来凤去大桥旁边的米线馆吃米线。

来凤也算是与红梅心有灵犀，她竟然在米线馆门前停下了。红梅高兴地奔过去，可来凤没有理她，一副心事重重的样子。

"妹妹，走啊，我们进去吃米线。"红梅拉着来凤就往米线馆走。

"阿姨，两碗米线，少放点辣椒。"红梅找了个位置坐下。

第一碗米线煮好了端上桌，红梅把它推到来凤面前："妹妹，你先吃吧。"

来凤看了红梅一眼，一点也不客气，大口吃起来。

"我差点忘了。"红梅从书包里拿出两个鸡蛋，递给来凤一个，"我妈妈煮的鸡蛋，我们一人吃一个。"

来凤没有伸手接，红梅又把鸡蛋剥了壳放到来凤的米线碗里。

"谢谢姐姐!"来凤轻声说了一句。

红梅听了一愣,笑着说:"你终于肯搭理姐姐了。如果姐姐有什么地方做得不好,你一定要说出来哟。"

"没有!"来凤摇着头,说,"姐姐是好姐姐。"

红梅顿时心情变好,食欲大开,米线端上来没多久,就被她消灭得一干二净。

两人吃过米线便一前一后往学校走。走到学校门口,来凤又停下来了。

"快走哇,要上课了!"红梅催促来凤。

"姐姐,我都两天没去上课了,老师会不会……"

"应该不会批评你吧!"

"姐姐,你能不能陪我一起去跟老师说……"

"其实……其实,我也不敢去跟老师说。"红梅想了想,"不要怕,最坏的结果就是老师要你请家长,到时候就请我妈妈来学校。"

红梅的教室在楼上,她将来凤推进教室后才离开。

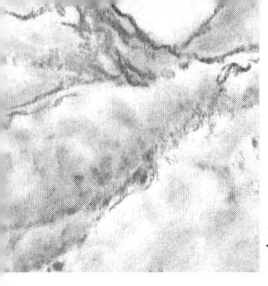

温暖可亲的老师

来凤的班主任叫綦春梅。关于来凤的故事,綦老师听校长介绍过。在五年二班里,来凤是一个特殊的学生。

綦老师一进教室就看见来凤坐在位置上。她发现,今天上课来凤听得很认真,她请来凤回答了两次问题,来凤两次都回答得很完整。綦老师很高兴,她相信来凤正在渐渐走出与爸爸妈妈失联的阴影。

下课后,綦老师见来凤坐在位置上不去和同学玩儿,便向她走过去。来凤以为綦老师是来责问她前两天为什么不到学校上课的,所以,还没等綦老师开口,她就哭了:"老师,我前两天没来上课,是……是……是因为我怕我上学了,爸爸妈妈来了石门坎火车站找不到我……所以我就守在火车站了。"

綦老师一听,笑了。"没什么,老师理解你啊。"

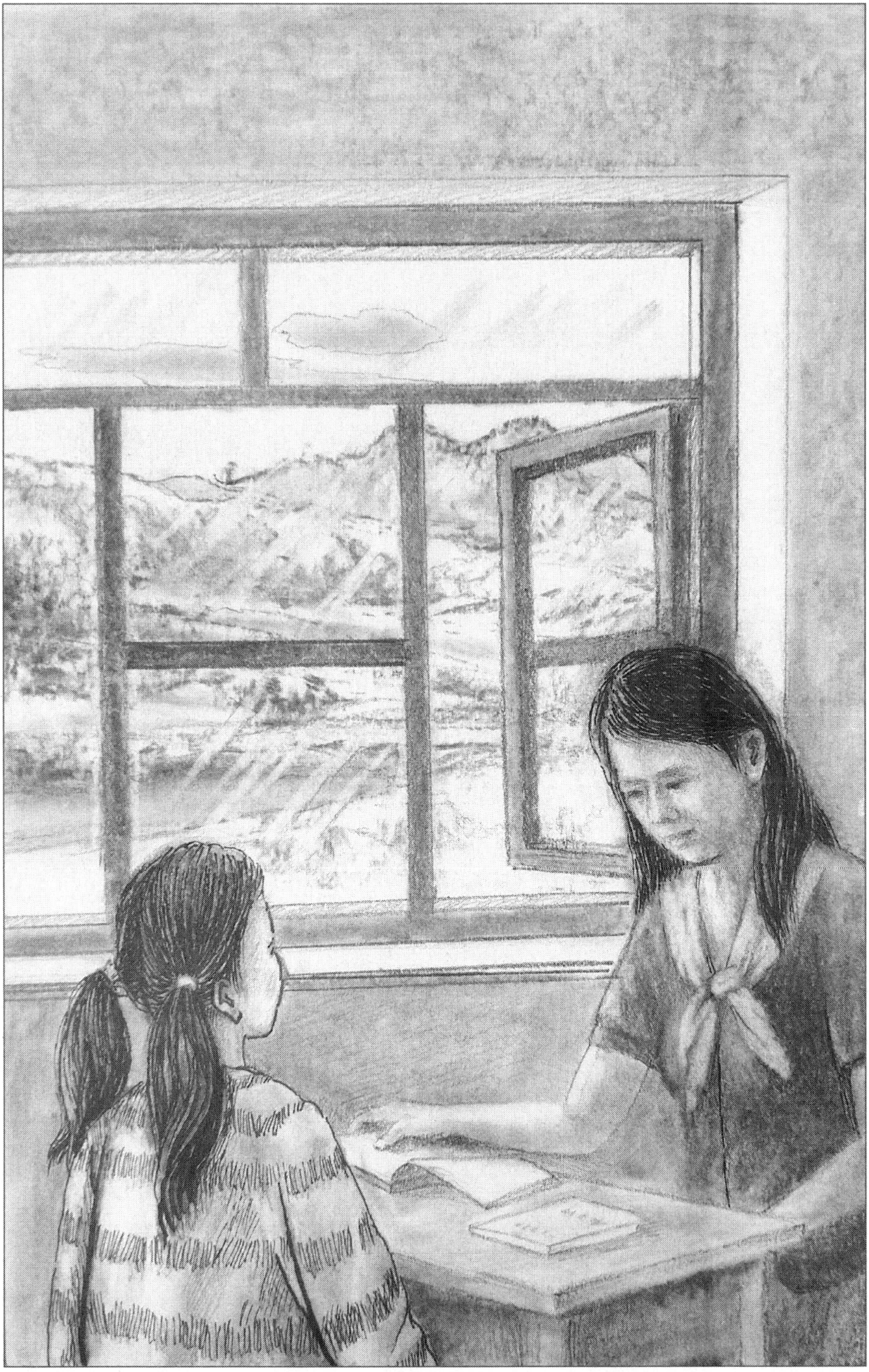

綦老师说着，用纸巾为她擦干了眼泪。

来凤的哭声引来了同学们的围观，綦老师想着可以借此机会帮助来凤，于是说："来凤是新来的同学，对我们松藻煤矿子弟校不太熟悉，大家一定要好好帮助她。最关键的是，不能欺负她。"

来凤知道綦老师不是来批评她的，也就不哭了，她用感激的目光看着綦老师。

今天綦老师穿一套深蓝色呢子套裙，脖子上系了一块白底碎花三角丝巾，加上那白净的肤色和乌亮的长发，看上去既温柔又漂亮。綦老师说话时，脸颊上还有一对好看的酒窝；她笑起来就像春日里的风，吹得来凤好温暖。

"来凤同学，我知道你想爸爸妈妈。其实我也曾离开过爸爸妈妈很长时间，所以我非常理解你的心情。"放学后，綦老师说她想去石门坎火车站看看，顺便送来凤回家。

来凤心里咯噔一下：莫非綦老师要去家访？

"我考上师范学校那年也只有十五岁。师范学校在城里，距我们老家有两百多公里。"綦老师说，"为了学习，我不得不离开爸爸妈妈，开始那一个多月我很不习惯，每天都想爸爸妈妈，悄悄地哭……"

"綦老师,我姐姐在门口等我,我和我姐姐一起回去,你就不用送我了。"来凤突然发现红梅在学校门口等她,就壮着胆子对綦老师说。

綦老师想了想,说:"那好吧,我就不跟你一路了,你去吧。经过铁路时一定要注意安全。"

"嗯,老师,我记住了。老师,再见!"告别綦老师,来凤小跑着和姐姐一起出了校门。

"姐姐,你不知道,我们綦老师说要和我一起去石门坎火车站,我怕她是去家访的,所以我就……"

"你都敢拒绝老师了?你胆子可真大啊!"

"不是,我不是这个意思,我还是担心,担心……"

"担心綦老师告状?"

"不是,不是,我是担心綦老师走那么远的路会累着,你看她那么娇柔,又穿着高跟鞋……"

"少来了,你的心思,我还不知道!再说穿高跟鞋才漂亮呢,学校的女老师都这样。"说完,红梅偷笑,而来凤却红了脸。

走过松藻大桥,红梅决定带来凤到煤矿中心区看看。半山坡上,有一个宽敞的篮球场,篮球场的上方,就是松藻煤矿的行政办公楼。因为行政办公楼在这儿,所以这里被称作中心区。中心区的周围都建有高楼，楼里住着居民，楼房四周有花园，还有高大的树木。来凤说，这里就和大城市差不多，大城市也有这么多高楼。

红梅觉得来凤比她幸福。为什么呢？因为来凤去过重庆，还在重庆市生活了二十多天，她爸爸带她和她妈妈去了动物园，进了高档餐馆，到电影院看了动画片。而红梅长这么大，还没有去过大城市，也不晓得大城市是什么样子的。

在红梅眼里，松藻煤矿就是城市，因为这里有医院、电影院、邮电所，而且逢年过节中心区人山人海，非常热闹，有时还有篮球比赛。过年的时候，还要耍龙灯、挂灯笼、表演歌舞。

对于到过大城市的来凤来说，中心区对她没有吸引力，但是当红梅告诉她，顺着这条小路过去，就是松藻煤矿子弟校的中心校时，来凤动心了。"要是我们在这个学校上学就好了，就不用那么辛苦地跑那么远的路了。"

松藻煤矿子弟校中心校立在半山坡上，要上三十多级阶梯才能到大门口。红梅拉着来凤站在学校下面的坝子上仰望着学校大门。

"姐姐，这个学校好大哟，楼房也比我们学校高得多。"来凤说。

"这里是中心校嘛，肯定要比分校好，校长伯伯肯定也在这里办公。"说着，两人手牵手来到校门口，站在外面往里瞧。守门的阿姨问："你们是哪个班的同学，为什么放学了还不回家？"红梅不敢回答，拉起来凤就跑了。

"我还真想到这个学校来读书，可是我来不了。"红梅说。两个女孩笑守门的阿姨把她们当成中心校的同学了。

两人有说有笑，不知不觉就来到了铁路上。刚穿过煤仓运输桥，一辆火车就鸣着笛从贵阳方向驶过来，红梅赶紧拉起来凤往旁边躲避。来凤却说："我爸爸会不会就在这趟火车上？我要找我爸爸。"

红梅有点急了，强行将来凤拉到火车道旁的空地上，然后大声呵斥道："你不要命了？命都没有了，还怎么去找爸爸妈妈！"

第一次见红梅发脾气，来凤被吓住了，良久，才小声说了句："姐姐，我错了，我知道你对我好。"

"知道我对你好，还不好好听我的话？"红梅依然生气。

"不是的。"来凤撒着娇,"以后不会了,以后来凤都听姐姐的。"

"那好吧,不生你的气啦。"红梅牵着来凤的手,往家走去。

还没走到黄葛树,她们远远地就看见张婆婆站在树下张望。

"闺女啊,都打放学铃这么久了,你们咋才回来?快来喝婆婆为你们俩准备的凉开水。"

走了这么远这么久的路,两个女孩还真是口渴了,端起张婆婆递过的水杯一口气喝干了。

"闺女,看到你又背着书包上学了,脸上有了笑容,婆婆心里就高兴了。"张婆婆看着来凤,笑得嘴都合不拢。

两个女孩正准备告别张婆婆回家做家庭作业时,来凤忽然看见铁路那边走来了一个熟悉的身影。谁呀?綦老师!

"綦老师应该不是来家访的,你在学校又没有犯错。"红梅安慰来凤说。

"姐姐,我们还是快走吧。"来凤扯着红梅的衣角,有些紧张。

"不行,我们不能走,见到老师不问好是非常不礼貌的行为。"

綦老师也看见了黄葛树下的来凤。

"你们俩才走到这儿？"綦老师见到她们就问，"放学都一个多小时了。"

"报告老师！"来凤说，"我和姐姐去看了中心校，所以就晚了。"

綦老师笑了："你不欢迎我来，我自己来了，但是我是来参观石门坎火车站的，所以你们……"

"老师啊，先喝杯凉开水吧。"綦老师话还没说完，张婆婆就热情地递过来一杯水。

"谢谢婆婆！"綦老师迟疑了一下才接过来水杯，放到嘴边喝了一口。喝完水，付过钱，綦老师就沿着树荫走到了站台，来凤和红梅一前一后跟着綦老师。走了一段路，綦老师转身说："你们回去吧，我想自己转转，你们不用管我。"

"老师，我想请你到我家吃饭，我妈妈做的饭菜很好吃。"红梅小心翼翼地说，可是她又有点担心，万一老师真的要去呢？

綦老师笑着摇摇头，又问来凤："来凤同学，你到这个火车站有多久了？你熟悉这里的环境吗？"

来凤狐疑地摇摇头，不知道老师问这些是什么意思。她赶紧跟老师告别，和红梅一起快速走回了家。

第二天上午的作文课，綦老师出了作文题目——石门坎火车站。

"石门坎火车站就在我们学校背后的山下，我们每个同学都到过石门坎火车站，有的同学还在那里坐过火车，同学们对它应该是非常熟悉的，所以我想到了这个作文题目。"綦老师说，"昨天下午放学后，我还专程去石门坎火车站逛了逛。今天我想和同学们一起写这个作文，然后一起交作业。下节课，我们用二十分钟时间，选三个人的作文来现场朗读。我们来比比看，谁写得最打动人。大家说，这样可以吗？"

"可以！"同学们都很兴奋。

綦老师说："石门坎火车站已经是松藻煤矿的一部分了，听老人们说，这个火车站，就是为了松藻煤矿运煤方便、松藻人出行方便而建的。它对于松藻人来说，肯定有特殊的意义，所以很期待你们的作文。"

来凤这才恍然大悟，原来，昨天下午綦老师到石门坎火车站是为了今天的作文课。来凤提笔写起了作文。

第五章　渴望快快长大

綦老师说，生活中我们会遇到很多困难，但不管遇到什么困难、什么挫折，只要坚强面对，就能克服它、战胜它……

中秋节快乐

连续晴了两天,石门坎火车站的天空就变得瓦蓝通透了。

火车站周边的树木葱茏,朝气蓬勃。鸟儿从天空中掠过,在树上栖息;火车站熙来攘往,就连火车的鸣笛声都显得特别有诗意。

被松坎河两岸的秋色迷住的姐妹俩,做完作业便从铁路桥旁边的小路下到河边,去近距离感受松坎河的美。

"我妈妈说这条河是从贵州流过来的,说不定沿着这条河往上走就能到你家呢。"红梅指着河流上游说。

来凤站起身朝上游望去,可是前面是一个转弯,只听得见水流声,看不见更远的河水。触景生情,来凤又想起了妈妈。

"松坎河上曾经有一棵高大的千年青松,树干粗得要十多个大人手牵手才能抱住它,但是有一年夏天,打雷下雨的时候,这棵树被雷击中,烧成了灰烬。"

来凤没有听红梅在讲什么,她满脑子装的都是妈妈的身影。来凤的变化,红梅一点都没有察觉,还在继续讲述她从妈妈那儿听来的故事:"我妈妈说,以前石门坎火车站也有一棵高大的松树,有一年河里涨大水……"

讲着讲着,红梅忽然发现来凤在哭,她有些束手无策。"妹妹,你怎么了?哦,我知道了,你一定又在想妈妈。这条河是从贵州流下来的,但不是从你家那个地方流下来的啊……"红梅立即转移了话题,"妹妹,今天是中秋节,我妈妈说中秋节一定要吃麻糖,你知道为什么吗?"

来凤没有吭声。红梅又自答起来:"因为啊,古时候的小孩子都很贪吃,爸爸妈妈怕小孩子养成坏毛病,所以在中秋节这天就熬麻糖给他们吃,粘住他们的嘴巴……"

"姐姐,你骗人,我从来没有听说过。"来凤说话了。

"你们贵州也有麻糖吗?"

"有,当然有!我爸爸就会做麻糖,特别好吃。"

红梅看着来凤:"今天,姐姐请你吃重庆的麻糖,我妈妈的超市里就有卖,可好吃了,要不我们现在就去?"

说着,红梅忍不住吞了一下口水,牵着来凤就往回走。

走了没几步,红梅和来凤就看到了张婆婆和做糖人的李伯伯。张婆婆像是特意等着她们,见她们来,赶紧招呼她们过去,让李伯伯给她们一人做一个糖人。

"今天是中秋节,我这里不但有糖人,还有麻糖,我知道张婆婆喜欢吃,所以专门熬了麻糖送过来。"

李伯伯一边说,一边摆开担子里的工具,开始制糖人。"今天过节,李伯伯给你们一人做一个嫦娥奔月。嫦娥奔月的故事听过没有?"

"听过。"来凤回答。

"红梅,你呢?"

"当然听过了,小时候我妈妈经常给我讲这个故事。"

说话间,李伯伯已经做好了第一个嫦娥奔月。李伯伯将糖人递给红梅,红梅却把糖人推到了来凤跟前。等来凤接过糖人后,红梅问:"李伯伯,可不可以给我做个猴子捞月?"

"可以啊,你想要这个?"

"嗯!"

"想好了?不后悔?"李伯伯问。

"嗯,不后悔,但是我要三只猴子。"

"没问题，四只都可以，那就四只吧。"李伯伯说，"书上画的都是四只。"

"什么书？"

"小学生的课本啊，以前我在我家小崽儿的语文课本上看到过。"

李伯伯操起勺子，开始聚精会神地画图。不一会儿，四只首尾相连、活灵活现的糖猴子就呈现在红梅眼前，最前面的一只猴子手里还有一个月亮，是真真正正的猴子捞月。

李伯伯将糖人拿起来交给红梅，打趣地说："中秋节快乐！如果猴子不从水里捞月亮的话，今天晚上天上就没有月亮了。"

"猴子捞月好！"张婆婆说着，从腰间摸出钱袋子，"要多少钱啊，小李子？"

"不要钱，不要钱，这是我送给两个小姑娘的中秋节礼物。"李伯伯对两个女孩说，"其实也是张婆婆送给你们的礼物，如果不是她，我早离开了。"

"谢谢李伯伯！谢谢张婆婆！"两个女孩同时说。

"不谢不谢，你们快乐了，张婆婆也会高兴的，我今天就是来看张婆婆的。"

"闺女,他还送了麻糖过来,我们可以好好享受了。"张婆婆高兴得像个孩子,"你们看,火车站的王阿姨还买了月饼给我过节。"张婆婆指了指月饼,笑得更开心了。

夕阳铺满铁路的时候,李伯伯挑着担子走了。乐乐小时候的照片还挂在他的担子上,照片随着李伯伯的担子摇晃,像一面飘扬的旗,更是张婆婆飘在岁月里的希望。

张婆婆站在黄葛树下,目送着李伯伯离开,然后自己也挑着凉开水摊消失在铁道尽头。

因为是中秋节,站台上显得比往常清静。

站长伯伯说,大家工作都很辛苦,所以中秋节请大家一起吃团圆饭。晚餐是到火车站职工食堂吃的,很丰盛,很热闹。

因为周叔叔是火车站的搬运工,所以也算是火车站的职工,胡阿姨和两个女孩就是职工家属。

"姐姐,什么是职工?什么是家属?"来凤悄悄问红梅。

"职工就是在火车站上班的工人。职工家属就是职工的亲人呗。"

站长伯伯过来给每一位职工和家属敬酒。到来凤和红梅面前时,站长伯伯说:"我为你们俩准备了一份礼品,吃完饭,你们到我办公室来领,千万不要忘记了。"

王阿姨是最后一个进餐厅的。王阿姨告诉来凤,她刚给张婆婆送去了卤肉,好让张婆婆过个快乐的中秋节。

来凤想,王阿姨真好,火车站真好,石门坎真好。在这样美好的氛围里,大家举杯庆祝,吃得高兴,让火车站充满了欢声笑语。饭后,红梅和来凤就在院坝里赏起了月亮。

月亮悬在空中,就像一个大月饼;月亮上的阴影,就像月饼上刻着的花纹。月光照在远山上,照在峡谷里,照在松坎河上,照在站台上。站台上就像蒙了一层神秘面纱,有一种让人心旷神怡的朦胧之美。

站长伯伯给红梅和来凤的礼物是什么?

红梅和来凤在没有拿到礼物之前想都不敢想,站长伯伯送给她们的居然是一个会唱歌的音乐盒子。盒子一打开,一位滑雪运动员就出现在她们眼前,运动员在滑雪时,音乐就会响起,那盒子也在月光下闪着迷人的光。

这夜,两个女孩兴奋了很久才入睡。

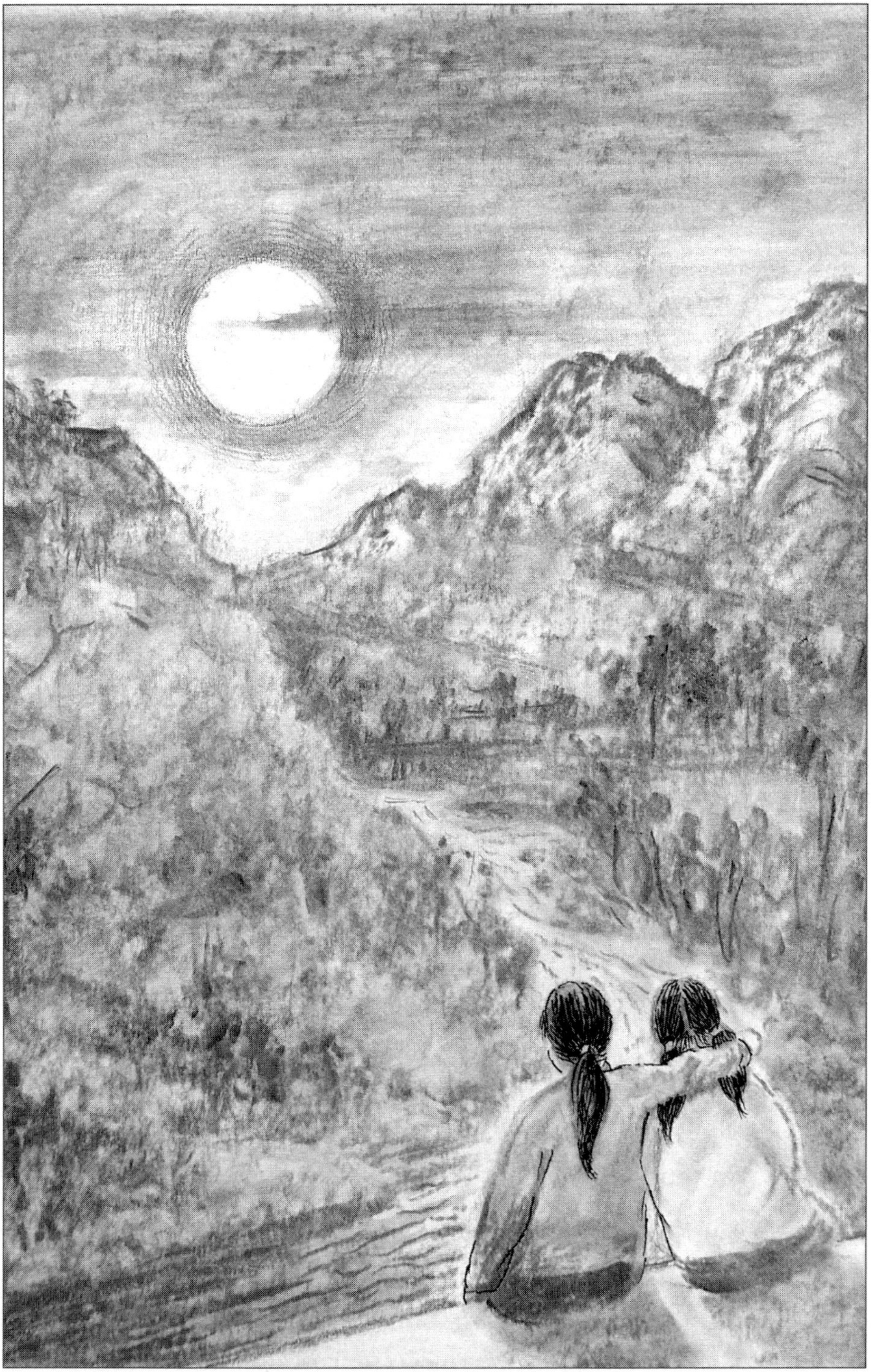

来凤写的作文

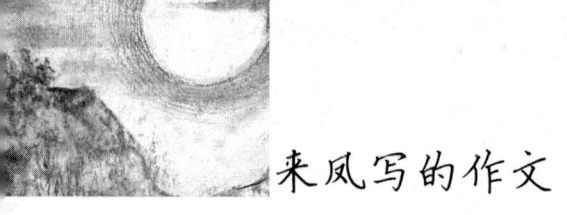

来凤做梦也没想到，自己的作文竟然入了綦老师的"法眼"。当綦老师点评她的作文，说写得条理清楚，富有真情实感时，她心跳骤然加快。激动中，她听见綦老师说："马来凤同学，请将你的作文朗读给同学们听。"来凤当时就蒙了，自己从来没享受过这种"待遇"，她怕自己读不好。更令人意外的是，她竟然激动得哭了。

綦老师微微一笑，没说话。见来凤久久不能平静，綦老师便对全班同学说："谁愿意帮来凤同学读作文？"

綦老师话音刚落，就有七八名同学举起了手。"齐妍同学。"綦老师点了前排一个女同学的名，"下面，我们请齐妍同学朗读来凤同学的这篇作文。"

齐妍同学接过来凤的作文，清脆地朗读起来：

我的妈妈叫吴勤容，今年三十六岁了，可

是我爸爸说，妈妈的智商还不如我。她每天都默默无闻地做事，但她做的事情总让爸爸不满意，比如把饭煮糊了、把菜炒咸了、把碗打碎了。但是爸爸从不吵妈妈，总是一遍又一遍地教妈妈做事。虽然妈妈在家里很少说话，但只要看到我和爸爸，她就会咧开嘴乐呵呵地笑。

妈妈从来不喊我的名字，不管在什么场合都喊我幺儿，而且喊的声音特别大。我长大读小学了，觉得妈妈在同学面前喊我幺儿有点伤面子，就不准妈妈喊我幺儿。可妈妈说："你本来就是我的幺儿啊，怎么不准我喊了？"

有一次，妈妈当着同学的面喊我幺儿，我被同学笑话了，就大声吵了妈妈，并且哭着跑开了。过后妈妈来给我道歉："幺儿哪，如果你不喜欢我喊幺儿，我以后就喊你来凤幺儿吧。"从此以后，妈妈就在幺儿前面加上了我的名字。

从去年春天开始，我爸爸就到重庆去上班了。爸爸说他要多挣钱，为我们家建一座小楼房。临走那天，爸爸说："凤儿，你已经长大了，在家要好好照顾妈妈。她记性不好，容易记错事，但你要有耐心，好好教她。"

今年暑假，爸爸回家来接我和妈妈到重庆去耍。爸爸说，妈妈还没有走出过大山，所以要让她到大城市去见见世面。

这个暑假，我和妈妈在重庆过得很开心，爸爸休息时就带我们到动物园看动物，到长江边看风景。在爸爸的呵护下，妈妈好像也变得聪明了，她还记得自己到过朝天门、解放碑、动物园。

可是，就在我和妈妈从重庆返回家的火车上，妈妈生病了。为了给妈妈买药，我在石门坎火车站下了火车。等我买了药回到车站，火车已经开走了。妈妈还坐在火车上，我与妈妈失去了联系。我再也听不见妈妈喊我来凤幺儿了。

……………

教室里很安静。

同学们的目光齐刷刷地聚在来凤身上，而此时的来凤早已控制不住情绪，伏在桌子上哭得一塌糊涂。齐妍同学朗读时两次因哽咽而停顿，很多同学都被感动得泪眼婆娑。

綦老师擦干眼角的泪水，走上讲台。"这是我读到的最感人的一篇作文，真情实感在作文里流动。这就更加验证了一句话，好作文一定来源于生活。只有亲身体验过的事情，写出来才会真实感人。"綦老师接着说，"上周的作文《石门坎火车站》，我选了三篇给同学们分享，其中一篇就是马来凤同学的，她写了火车站帮助她的好心人，写了发生在火车站的温暖的故事。通过她的故事，我感受到了来自社会的温暖。所以老师还要再强调，好作文来源于生活，是生活的真实写照。"

"马来凤同学，你也不要悲伤，相信在好心人的帮助下，你很快就能见到你的爸爸妈妈。你这篇作文写得非常好，我有个想法，"綦老师停顿了一下，"我想把它发到网上去，也许借助网络的力量能更快地找到你的爸爸妈妈，没准儿你爸爸也能在网上读到你的作文……"

来凤看着讲台上的綦老师，心里充满了感激之情。

"綦老师，我家有电脑，我爸爸妈妈经常上网，我可以喊爸爸妈妈将马来凤的作文发到网上去。"齐妍同学举手说。

"老师，我爸爸办公室也有电脑，我也喊爸爸把马来凤的作文发到网上去……"

"老师，我陆叔叔在中心区开了一家网吧……"

"好的，好的，谢谢大家对马来凤同学的帮助。"綦老师说，"我一会儿到办公室先把作文录成电子文档，等我发到网上后，你们可以复制转发。明天的计算机课，我请赵老师教你们如何在网上发帖……"

放学的时候，綦老师把来凤叫到办公室。她从抽屉里拿出三本书给来凤。"这是苏联作家高尔基创作的小说《童年》《我的大学》《在人间》，小说写出了高尔基对苦难的认识、对社会和人生的独特见解，字里行间涌动着生生不息的热望与坚强。"綦老师说，"生活中，不管遇到什么困难，只要我们坚强面对，就能克服。这三本书老师送给你了，我相信你一定会从书中获得战胜困难的勇气。老师还想说，你写作文很有天赋，多读多写，也许未来你就是一个了不起的作家。"

"我能成为作家？"来凤狐疑地看着綦老师。

"没有什么不可能，只要你努力。况且，我已经从你的作文中看到了你的天赋。"

尽管来凤还不太相信自己未来会是个作家，但她已将綦老师的话牢记在心里，也仿佛看到了自己美好的未来。

这天夜里,月亮高悬在天空,山风徐徐吹来,吹得来凤神清气爽,也吹得石门坎火车站静谧安详。

来凤就坐在窗边,逐字逐句地开启了《我的童年》的阅读之旅。

渴望快快长大

很快就到了深秋，火车站周边的树叶已经开始掉落了。

只要山风一吹，树叶就嗖嗖嗖地往下落，像一只只旋转起舞的蝴蝶，它们有的纷纷扬扬飘到河里，有的则落到黄葛树下，似乎想与黄葛树来一场秋日的约会。

"这些树叶多可怜啊，一到秋天就落地，就像无家可归的孩子……"张婆婆捡起一片飘在凉开水摊上的落叶，自言自语。

天气渐渐变凉了，已经没有多少人会在黄葛树下停下来喝凉开水了，可张婆婆还是早出晚归，一如既往地摆她的凉开水摊。

胡阿姨说，这个凉开水摊就是张婆婆的精神寄托，要是没有它，张婆婆就不知道日子该怎么过了。所以，每天上学和放学路过黄葛树时，姐妹俩依然要停下来喝杯凉开水。张婆婆就站在旁边笑呵呵地看她们俩喝。

来凤上学和放学路过黄葛树时，还会特别留意那两块写着寻人启事的纸牌，看它们是不是还牢牢地挂在黄葛树上。对来凤来说，这两块纸牌就是她早日见到爸爸妈妈的希望。

红梅说，她好渴望长大，长大了就可以到松藻煤矿中心区学校去读初中了；长大了，她读了高中就能考大学，考上大学就能到大城市去了。电视里的大城市美轮美奂，很多地方，比如科技展览馆、博物馆、体育场，红梅都想去看看。老师常说，知识能改变命运，山鸡也能变成金凤凰。为此，红梅一直在努力学习，她期待自己有朝一日也能变成金凤凰。

秋雨绵绵，天空灰蒙蒙的，让人提不起精神来。来凤说她喜欢夏天，夏天阳光灿烂，到处都是美景。

"可是只有季节更替，万物才能生长啊。我们改变不了季节的变化，就要愉快地接受季节的馈赠。"红梅说，"只要心里有阳光，世界到处都是美景。"

红梅和来凤放学回家时就喜欢一边行走，一边聊天。红梅成绩好，读的课外书多，知道的道理也多，来凤就喜欢和红梅姐姐聊天。

"姐姐,好像雨又下大了,我们得赶紧走。"来凤往前紧赶了几步。因为下雨,地上变得湿漉漉的,铁路边的小草也沾满了水珠。还没有到家,两个女孩的鞋子和裤脚就已经被打湿了。

"咦,张婆婆怎么不在黄葛树下?"红梅望着雾气中的黄葛树说。听红梅这么说,来凤也仔细瞧了瞧,黄葛树下确实空荡荡的,只有写着寻人启事的纸牌在风中摇晃。

来凤赶紧跑过去,发现纸牌被风吹歪了,便想爬上树去把它重新挂好,但她努力了几次都没有成功。实际上,黄葛树那么高大,她是不可能爬上去的。

红梅觉得来凤的动作有些滑稽,她说:"来凤,你是爬不上去的,还是回家请我爸爸来帮你吧。"

"我可以的,你瞧。"说着,来凤指了指张婆婆收拾好的凉开水摊。桌凳就放在黄葛树下,上面压着一块深蓝色的塑料布。来凤掀开塑料布,拿出凳子放在树下,她站在凳子上,可还是够不着。

"来凤,你下来,还是姐姐来帮你吧。"红梅说。

来凤再次踮起脚尖去试,还是没够着,只好乖乖下来让红梅帮她。红梅比来凤高一个头，踮起脚尖就将纸牌重新拴挂好了。

"姐姐，万一大风又将它吹掉了怎么办？"来凤还是不放心。

"没关系啊，我们不是学过愚公移山的故事吗？"红梅说，"愚公说，'即使我死了，还有儿子在呀；儿子又生孙子，孙子又生儿子；子子孙孙都挖下去，就不怕这王屋山挖不垮。'你想想，愚公连挖山都不怕，我们还怕这小小的纸牌被吹掉吗？风吹掉了，我们可以再挂上去，再吹掉，我们再挂上。"

"姐姐，你真会比喻，我们能和愚公比吗？"

"当然不能比，但我们可以学习愚公移山的精神嘛。"

"姐姐，你说，我爸爸能看到这个纸牌吗？"来凤望着树上的纸牌问。

红梅顺着来凤的目光望去，忽然惊叫起来："哎呀，妹妹，我挂的那块纸牌怎么不见了呢？"她们四下寻找，真没有发现另一块纸牌。

"肯定是风太大，把纸牌吹到河里去了。"来凤说。两个女孩赶紧来到铁路边，在松坎河里寻找，可松坎河一路高歌，正不知疲惫地向下游流着，哪里还有纸牌的踪影？

红梅拉起来凤，说："走，我们回家再做一块。"她们来到站台上，看见张婆婆正举着黑伞为旁边的人挡雨。

"张婆婆！"两个女孩跑过去，异口同声地叫了一声。

张婆婆转过身，既惊诧，又兴奋："两个闺女都放学了？"

"张婆婆，这位爷爷……"红梅看清楚了，伞下站着一位从未谋面的爷爷。

"我也不知道他是谁。"张婆婆悄悄告诉红梅，这位爷爷有点像乐乐的爸爸。

红梅上下打量了一下这位爷爷，他蓬头垢面，穿了一件与季节不太相符的棉大衣。脚上的布鞋已经被雨水淋湿，人也冷得瑟瑟发抖，而张婆婆头发上全是雨水。看得出来，他们在这儿已经站了很长时间。

"他一定是来找孩子的。"张婆婆说，"我看见他是从煤矿那边过来的。天上下着小雨，我怕他淋了雨生病，就拿着雨伞跟过来了。"

"张婆婆，你的头发都被打湿了，你自己也要当心啊。"来凤说，"姐姐，我回家去给张婆婆再拿把雨伞来！"来凤往家跑去，只留下红梅守着他们。红梅尝试着和那位爷爷说话,但是爷爷总是不回答红梅的话,就算是回答了也颠三倒四的,表达不清。他说不清自己从哪里来,叫什么名字。红梅觉得爷爷怪怪的,与正常人不一样。

这时,红梅突然发现爷爷脖子上挂着一根蓝色绳子,于是,她上前将蓝色绳子拽出来,发现绳子末端有个小牌子,牌子上写着:

刘邦灿,患阿尔兹海默病,家人电话:＊＊＊＊＊＊＊

原来爷爷患有阿尔兹海默病啊!红梅听妈妈说过,患阿尔兹海默病的人有记忆障碍,说话表达不清,认知能力也很差,有时候连自己是谁都不知道。看来,刘爷爷的家人之所以在他脖子上挂个牌子,留下电话号码,是为了方便好心人与他们联系。于是,红梅和张婆婆把刘爷爷带到了火车站的警务室。

值班的是一位伯伯,伯伯看了刘爷爷胸前的牌子后,立即打电话与他的家人联系。原来刘爷爷就是附近安稳镇的人,他上午离开的家,他儿子正在焦急地寻找他。

来凤拿了雨伞过来,胡阿姨知道这事后,也跟着过来了。此时,张婆婆正带着刘爷爷坐在警务室休息。

"他真的很像乐乐的爸爸。"张婆婆见了胡阿姨就说,

"乐乐的爸爸也这么高。"

胡阿姨不知道说什么好,她知道张婆婆日日夜夜盼望着乐乐的爸爸回家。自从女儿失踪,张婆婆就没有过上一天安心的日子。"多可怜的张婆婆啊。"胡阿姨在心里说。她,包括石门坎火车站的工作人员,之所以对张婆婆像亲人一般,就是想给张婆婆一些安慰,让她感到一些温暖。

"该吃晚饭了,张婆婆也饿了吧?"站长伯伯赶过来,请张婆婆带刘爷爷去食堂吃饭。

张婆婆说:"老头子,你算是遇到好人了,这个石门坎火车站的人都是我的亲人。"说这话时,张婆婆眼里满是喜悦。

夜幕降临,雨还在不停地下。

张婆婆和刘爷爷坐在火车站职工食堂里,红梅、来凤、胡阿姨,还有火车站的几个工作人员都陪着他们。大家陪在这里,是在等待刘爷爷的儿子来接人。

八点多钟,警察伯伯带进来一男一女,他们是刘爷爷的儿子、儿媳。刘爷爷一见到儿子、儿媳,情绪就有点激动。

"爹,你怎么跑到这里来了?"儿媳笑着过来牵刘爷爷的手。刘爷爷却像触电一样站了起来，并后退了几步。

大家都很愕然。

"爹，跟我们回家吧，你看，你一个人出来，多危险。"儿子伸手来牵他。刘爷爷茫然地看着儿子。

"爹，娘在家等你，你不回家，娘也不能安心。"

刘爷爷嘟嘟囔囔地说着话，但大家都听不明白。

"你们要带他走啊？这怎么行？他需要人照顾……"张婆婆突然明白这两个人是来带刘爷爷走的，她挡在刘爷爷面前，不要他们带他走。

刘爷爷的儿子、儿媳一下子蒙了。

看来张婆婆真是把刘爷爷当成乐乐的爸爸了。

该怎么给张婆婆说明白呢？在场的人都感到束手无策，大家都不想这么直白地说出来，怕伤害了张婆婆。

过了好一会儿，站长伯伯才说："乐乐的爸爸还在外面寻找乐乐呢，找不到乐乐，他是不会回石门坎火车站的。"

张婆婆惊讶地看着刘爷爷："你不是老莫？你真的不是老莫？"然后就跌坐在椅子上。

在场的人都没有说话，大家都很理解张婆婆此时的心情。

儿子、儿媳搀扶着刘爷爷出门的时候，张婆婆又跟了过去，她拉着刘爷爷的手说:"老头子,你要听儿子、儿媳的话,好好过日子,再也不要跑出来了,在家里多好啊……"

刘爷爷好像是听明白了,不停地点头,不停地嘟囔着。

刘爷爷就这样离开了石门坎火车站,张婆婆却一直站在站台上,盯着进进出出的火车和乘客,在雨中久久不肯离去。

第六章　温暖的火车站

站长伯伯说，如果我们不担起这份责任，这些与父母走散的孩子就有可能被拐卖，有的还会走上犯罪的路。所以啊，我们决不能袖手旁观。

来凤回家了

"这个鬼天气哟,雨都下这么多天了,还在不停地下。"因为连续几天下雨,黄葛树下变得很潮湿。雨水滴个不停,黄葛树也遮不住,所以这几天张婆婆摆凉开水摊也得打一把雨伞,这可把张婆婆愁坏了。

再有半个小时,红梅和来凤两个闺女就要回来喝凉开水了。

张婆婆放下雨伞,将桌子上摆在最前面的两杯凉开水倒掉,换上新水,轻轻地盖上了玻璃片。

今天是来凤值日,值日生要带头做好清洁,关好门窗,检查一遍教室后,才能离开。

来凤做清洁时,红梅就倚在过道上看书等她。这时候,一位男生悄悄过来,拿过红梅放在身边的雨伞就往楼下跑。红梅发现,抢走她雨伞的是班里最调皮的熊料。

外面正在下雨,熊料没带雨伞,所以就来抢红梅的雨伞。

"熊料,你还我雨伞,你还我雨伞!"红梅边追边喊。可是熊料并不听她的,冲出教学楼,打着雨伞就跑出了学校大门。红梅没追上,只好站在教学楼前不停地大喊。看见熊料的身影消失在大门后,红梅气得涨红了脸。

红梅知道,熊料就住在中心区灯光球场旁边,所以她决定去熊料家里要回雨伞。下这么大的雨,没有雨伞怎么回家?

"姐姐,你等等我!"红梅正要冲出去,却被后面赶上来的来凤喊住了。

"姐姐,你的雨伞呢?"来凤问道,"现在咱俩只能共用一把雨伞了,我的雨伞给丁惠莹和曹新了,她们俩今天没有带雨伞……"

"我的雨伞被人抢了!"

"什么?抢了?谁干的?"

"熊料,被熊料抢了。"红梅冲出教学楼,回过头来向来凤招手,"走,我知道他家住在哪里,我们马上去要回来!"见红梅已经冲出去,来凤也冲了出去。

雨下得挺大的,不一会儿就淋湿了她们的头发。

红梅气得很，所以跑得很快，她一口气跑上大桥，转身对来凤说了句"妹妹，你快跟上来"，就又扭头朝中心区跑去。

松藻煤矿中心区在半山上，有两栋漂亮的办公楼，还有两个篮球场和两排花台，周围挤满了楼房。熊料的家就在灯光球场左边。但红梅只知道熊料家住的地方，却不知道是哪一幢的几单元几层，干脆就站在楼下大声喊："熊料，还我雨伞！熊料，还我雨伞！"可喊了许久，熊料还是没有露面。

"熊料，还我雨伞！熊料，还我雨伞！"红梅就这样一直站在雨中大喊。就在红梅嗓子都快喊冒烟时，熊料终于出现在楼道里，手里拿着她的雨伞。

红梅气愤地冲上去，本想踢他一脚解解气，但当她发现熊料眼里全是歉意时，心又软了。熊料把手里的雨伞还给红梅，然后给红梅道了歉。接过雨伞，红梅也没说什么，她怕自己越说越激动，索性拉起来凤就往回跑，直到跑到铁路边，才停下来。

喘气的间歇，远处传来了火车的轰鸣声，红梅连忙拉着来凤往铁道外面让，结果一脚踩在了旁边的水里。

呼啸而过的火车带来阵阵凉风，吹在两个女孩身上。

因为衣服早已湿透了,来凤觉得全身发冷,不禁打了个喷嚏。

"姐姐,我好冷,你冷吗?"来凤哆嗦着,上牙打着下牙。

"冷。"红梅拉起来凤说,"冷极了,就像掉在冰窟窿里一样,我们得快点回家换衣服,要不然就真的感冒了。"

"红梅,来凤——"还没有到黄葛树,张婆婆就在向她们招手了。两个女孩小跑着来到黄葛树下,张婆婆心疼地伸手拂去她们俩头上的雨水。"婆婆已经为你们准备好开水了,快喝吧,喝了就回家换干净衣服。这老天爷也是一点不讲理,知道我两个闺女要放学了,就该让雨停一会儿嘛。"张婆婆说。

"张婆婆,我还要喝一杯。"跑了那么远的路,来凤真的口渴了。

"好好好,多喝一杯,长身体的娃儿就是要多喝水。"张婆婆把另外一杯水递到来凤手里。

因为下雨,山谷间雾气大,下午五点多钟,石门坎火车站就提前进入了黄昏,云层黑压压的像要垮下来一样。但不管天气怎样,上下车的乘客仍然笑逐颜开,接人的，送人的，热闹得就像在赶集。

红梅举着雨伞，来凤双手抱在胸前，缩着身子躲在雨伞下。走过火车站站牌时，来凤突然停下了，她双眼放光，心差点从胸口里蹦出来。红梅也跟着停了下来，她顺着来凤的目光看过去，看到一个背着帆布包、全身被雨水打湿、在站台上张望的中年男人。

当男人的脸转过来时，来凤大叫着奔了过去："爸爸，爸爸，我是来凤，我在这里。"来凤的喊声里还夹着哭声，完全就是在哭喊。

红梅也跟着激动起来。她看见来凤在雨中紧紧地抱着爸爸，哭成了泪人。

不错，那个中年男人就是来凤日思夜想的爸爸，来凤的爸爸终于找到石门坎火车站来了，来凤终于见到了爸爸。

哭了一会儿，来凤想起了站在旁边的红梅，她停住哭泣，擦了擦泪水："红梅姐姐，他就是我的爸爸。"

"马叔叔好。"红梅笑着叫了一声，"马叔叔，你终于来了，来凤妹妹一直在等你。"

"谢谢你们对来凤的照顾。"马爸爸说，头发上的雨水正一滴一滴地往下滴。

"妹妹，还是先带你爸爸去我家换件干净衣服吧。"红梅说。

"不用再麻烦你们了，我们就坐下班火车回贵阳吧。"爸爸紧握着来凤的手。

"我现在不能走。"来凤说，"我要去告诉火车站的叔叔阿姨，我要跟着我爸爸回家了。还有胡阿姨、周叔叔，还有，还有站长伯伯……"来凤转身往黄葛树那边看过去，"对，还有张婆婆，她天天都在那里等她的乐乐……"来凤有些激动，又有些不舍。

"对，叔叔，我们先回家吧！"红梅伸手牵过来凤，领着马爸爸回了家。一到家，胡阿姨就领着他们上了楼。

周叔叔在厨房煮饭，闻声也走了上来。

"周叔叔，我爸爸找到我了。"来凤兴奋地告诉周叔叔。

看见一身湿漉漉的马爸爸，周叔叔忙说："我去拿衣服。"走两步又转过身说："来凤，红梅，你们的衣服怎么也湿了？快去换了。"

马爸爸换上了周叔叔的衣服，虽说衣服有点小，但毕竟是干净的。"谢谢你们一家对我家来凤的照顾，谢谢你们。"马爸爸不停地说谢谢，像是把心里的感动都化成了"谢谢"。

得知消息后,站长伯伯和王阿姨也赶来了。他们为来凤找到爸爸而高兴。站长伯伯邀请来凤父女和红梅一家去火车站职工食堂吃饭。

食堂备好了一桌热餐。站长伯伯开了一瓶酒,给马爸爸和周叔叔各满上一杯。马爸爸端着酒,激动地说:"你们真是好人哪,我女儿麻烦你们了,给你们添麻烦了。"

站长伯伯挥挥手,说:"没什么麻烦的,我们能够在石门坎火车站相识,能坐下来喝杯酒就是缘分,这种缘分是可遇不可求的。来,大家一起喝一杯。"

"谢谢,谢谢你们!"马爸爸说。

"火车站每年都有那么几个因为与父母走散而滞留的孩子,照顾好他们,等待家长来寻找,也是我们的责任。"站长伯伯说,"责任是什么?责任就是良心、爱心。如果我们不担起这份责任,这些与父母走散的孩子就有可能被拐卖,有的还会走上犯罪的路,所以啊,我们决不能袖手旁观。"

马爸爸紧紧握住站长伯伯的手,说:"你们就是来凤的再生父母,是我马长水的恩人……"

马爸爸坚持坐下半夜的火车回贵阳,因为来凤的妈妈一直没有回家。这几个月来，他一直在到处找来凤和她妈妈。要不是铁路警察找到他租住的地方，他还不知道来凤是被滞留在石门坎火车站了呢。

"来凤的妈妈小时候因为生病没得到及时医治，烧坏了脑子，就是到了贵阳她也找不到回家的路。"马叔叔伤心地说，"我真后悔啊，后悔让这娘儿俩自己回家……"

来凤想明天再走，她还想和张婆婆说句告别的话。来凤已经和石门坎火车站有了很深的感情，要她匆匆忙忙就离开，她会很难过。

站长伯伯同意来凤的想法，也希望他们父女休息一夜后再离开。

这天夜里，来凤翻来覆去睡不着，石门坎火车站的人和事就像电影一样在脑海里反复放映。她舍不得张婆婆、红梅姐姐、胡阿姨和周叔叔，也舍不得火车站的叔叔阿姨，还有站长伯伯，如果不是他们，她真不知道自己现在会是什么样子，又会在哪里。

天刚亮，爸爸就来喊来凤起床了。爸爸说，他已经买好了八点十五分开往贵阳的火车票。

"爸爸，你怎么买这么早的车票？"来凤很不满意爸爸的做法,"我总得跟张婆婆道个别呀,还有学校的老师……"

马爸爸说:"闺女,早点赶回去,把你安排好后我还要去找你妈妈呀。"

来凤纠结地站在原地,不想收拾东西。胡阿姨赶紧上楼劝说:"来凤,听爸爸的话,早点回家。你就放心吧,学校那边红梅可以去跟老师和校长说,再说,不是还有站长伯伯嘛,他也会告诉学校的。"

"哦。"来凤有些失落,但还是听了胡阿姨的劝。

来凤转身抱住胡阿姨:"胡阿姨,你对我的好,我会永远记在心里。你一定要告诉老师,告诉张婆婆,告诉站长伯伯和火车站的叔叔阿姨,等我长大了,我一定会回石门坎来看你们,我一定会回来。"来凤已经泣不成声了。

胡阿姨紧紧搂住来凤:"来凤最乖,胡阿姨也会一直记得你。胡阿姨等你回来!"

"嗯!"来凤点点头,一边哭泣一边收拾东西。

七点多钟,红梅就要去上学了。

"红梅姐姐,你一定要去告诉綦老师,我今天就要回家了。"来凤拉着红梅的手,"姐姐,我给你写信可以吗?"

"当然可以,你回到家就给我写信吧,信就寄到石门坎火车站。"红梅说。

来凤把红梅送出屋子,又依依不舍地站了很久。

父女俩来到站台上,来凤朝黄葛树跑去。胡阿姨知道,来凤是要去和张婆婆告别,可是,往日早来晚归的张婆婆,今天却还没有到。黄葛树下空荡荡的,只有来凤写的寻人启事纸牌还挂在黄葛树上。来凤在黄葛树下站了很久很久,直到爸爸过来拉她,才依依不舍地离开。走出几步后,她又回头对着黄葛树大喊:"张婆婆,我会回来看你的,张婆婆……"

站长伯伯提了一袋零食站在站台上,还有王阿姨。王阿姨笑着说:"来凤同学,阿姨祝你学习进步,长大成为建设祖国的栋梁之材。"

站长伯伯说:"以后坐火车千万不要随便下车哟,你是一个聪明的女孩,长大一定会有出息的。"

爸爸催促来凤上车,列车员也招呼她上车,来凤哭了,哭得好伤心。

这时候,胡阿姨冲过来,她将自己脖子上的玉观音摘下来,挂在来凤脖子上:"找到你妈妈后,别忘了给

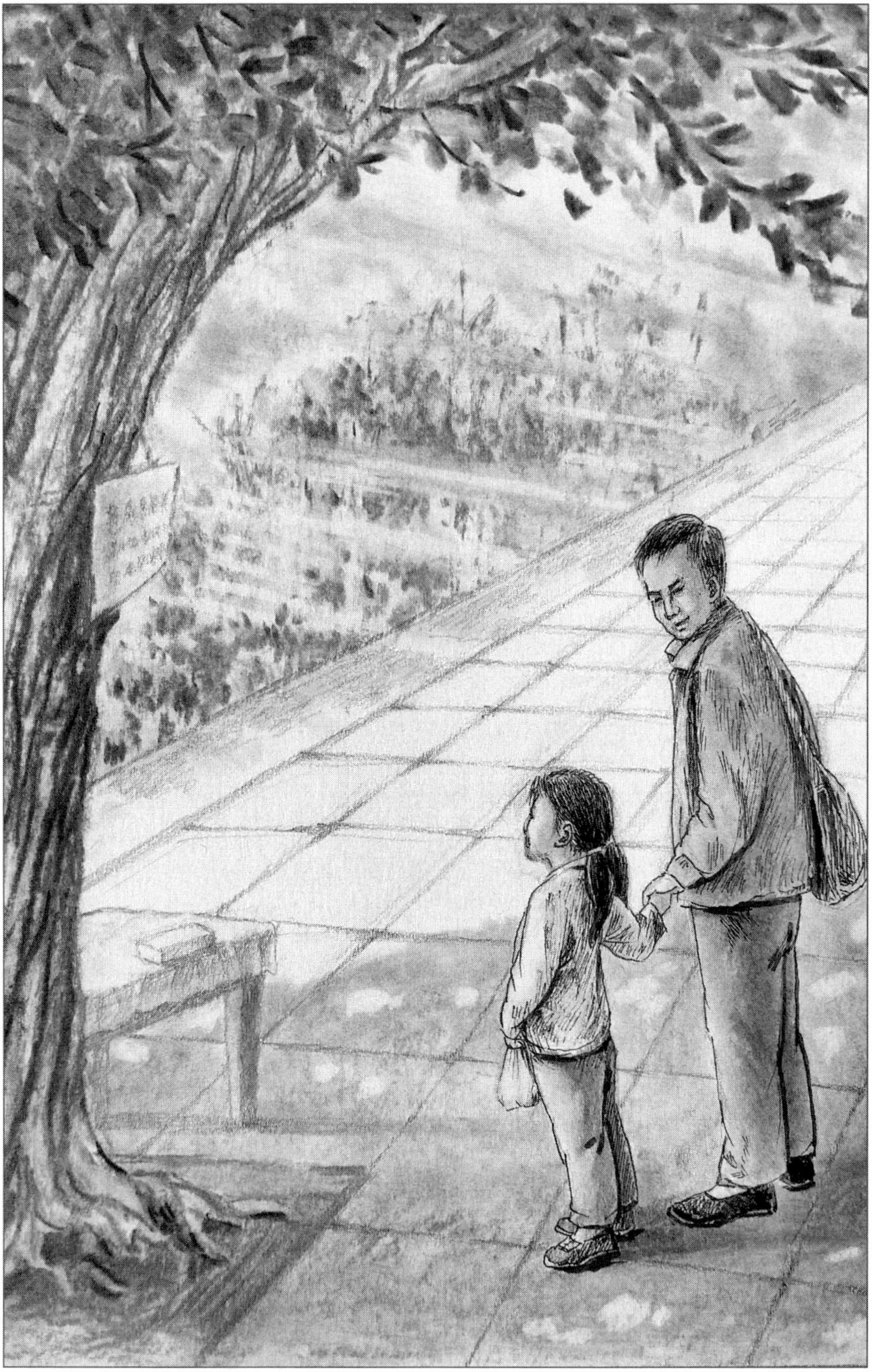

我打个电话来！"来凤发现，胡阿姨眼角也有泪花。

　　火车鸣笛后缓缓驶出了石门坎火车站，来凤贴着窗户不断向送行的人挥手。火车驶过黄葛树时，来凤看见张婆婆正躬着背摆凉开水摊。她使劲向张婆婆挥手，使劲喊，可是火车一掠而过，张婆婆根本就不知道来凤坐在火车上喊她，也许她还正在为来凤和红梅两个闺女准备凉开水呢。

　　来凤一直在流泪，她知道，她离开后张婆婆一定会想念她……

　　火车穿山越岭，把石门坎火车站抛到很远很远的大山中了。来凤在心里发誓，长大后一定要回石门坎火车站，一定要给张婆婆买很多肉包子吃。

温暖的火车站

十年后。

阳春三月。

贵阳市。

贵州师范大学图书馆。

这天下午,红梅来到校图书馆读书。走进阅览室,她在书架前停下来,习惯性地浏览着,顺手拿起两本新到的杂志,找了个位置坐下来翻阅。

突然,她被《青春阅读》杂志中一篇题目为《温暖的火车站》的散文吸引,认真地阅读起来:

大山,峡谷,河流。

老川黔铁路穿过峡谷,峡谷中有一座小火车站,宽敞的站台上人来人往,一群温暖的叔叔阿姨，一棵古老的黄葛树，一位摆凉开水摊的婆婆，还有一位挑着担子走街串巷的糖人师傅……

十年前暑假的某天上午，我和妈妈在重庆火车站告别爸爸后，坐上到贵阳的慢车，踏上了回家的路。也许是长途坐车疲惫，也许是因为生病了，妈妈在火车上连着呕吐了多次。同行的叔叔阿姨说，妈妈可能是感冒了，我决定下车去给妈妈买感冒药。

火车在川黔交界处的石门坎火车站停下后，我便冲下车去买药，可是这个车站太小了，小得连一个药店都没有。一位小超市的阿姨告诉我，松藻煤矿才有药店，于是，我什么都没有考虑，拔腿就往煤矿跑。那时候我年幼无知，不知道火车在什么站停靠、停靠几分钟都是有严格规定的。等我买了药回到火车站，我和妈妈坐的那趟慢车已经开走了。

当时，我觉得全世界都垮塌了。我该怎么办？爸爸要我把妈妈护送回家，可是我把妈妈搞丢了。我妈妈和正常人不一样，她小时候生过一场病，因为没有及时治疗，发高烧烧坏了脑子，造成智力低下。我知道，没有我的照顾，妈妈是不可能回到家的。我非常担心妈妈的安危，更希望她能得到好心人的帮助。我站在空旷的站台上，想起妈妈无助的眼神，禁不住大哭起来，我好后悔，后悔不该下火车买药……

在我悲伤无助的时候，我得到了石门坎火车站一群好心人的帮助。火车站的乘务员王阿姨、站长伯伯，还有开超市的胡阿姨……

胡阿姨有一个大我一岁的女儿叫红梅……

红梅，胡阿姨，石门坎火车站，站长伯伯……红梅惊讶得差点叫起来。

红梅马上翻页，看到文章后面的署名是马来凤时，她真的坐不住了。马来凤，马来凤，她真的就是来凤妹妹吗？

……距站台不远处，有一棵高大的黄葛树，黄葛树下有一个摆凉开水摊的婆婆，婆婆姓张。婆婆说，她的女儿乐乐就是在石门坎火车站丢了的，她和丈夫四处寻找都没有结果。后来，张婆婆回到石门坎火车站摆了这个凉开水摊。火车站的叔叔阿姨都知道，张婆婆摆凉开水摊就是为了等她的女儿。这一等就是几十年。张婆婆的故事在火车站一代一代流传着。火车站所有的工作人员对张婆婆都很好，都乐意帮助她。

我和红梅姐姐就是张婆婆的掌上明珠。我和红梅姐姐就读的学校在石门坎火车站对面的山上，我们上学放学都要经过黄葛树，都要喝一杯张婆婆为我们准备的凉开水……

读到这里，红梅更加深信，这篇文章的作者就是来凤妹妹。十年过去了，来凤妹妹对石门坎火车站旁的黄葛树，对摆凉开水摊的张婆婆还记忆犹新……

去年，我考上重庆师范大学，特别选择了乘坐老川黔铁路上的绿皮火车到重庆。可是我发现，这条老川黔铁路现在仅有一趟慢车在运行了，上午从遵义西站出发，下午路过石门坎火车站。

列车在石门坎火车站停靠时，因为十年前

的那次经历，我没敢下车。透过车窗，我发现记忆中热闹的火车站已经萧条了，黄葛树下已经没有了张婆婆和她的凉开水摊。不知道张婆婆是否还健在，她的女儿乐乐是不是已经回到了石门坎火车站。

我知道，站台外面那幢两楼一底的红砖楼房，就是红梅姐姐的家，可是，我看见红砖房上已爬满了青藤，不知道胡阿姨和周叔叔去了哪里，红梅姐姐是不是也和我一样考上了大学。

"来凤妹妹，我就是你的红梅姐姐……"红梅像山洪暴发一样，突然站起来大声说。这声音打破了阅览室的宁静，所有人都齐刷刷地看向她。

红梅再也控制不住感情，坐下来，埋头哭了起来。十年了，十年来她一直在寻找来凤妹妹的下落。去年夏天，她还专程去了一趟石门坎火车站，那里有她的童年，有她的幸福和快乐，那里是她永远也抹不去的人生记忆。

"周红梅，你怎么啦？"刘小莉过来关切地问她，"是不是生病了？需要去医院吗？"

红梅没有理她，仍然埋着头哭泣。过了一会儿，红梅才抬起头来,说:"我找到了,找到了我的来凤妹妹。"

刘小莉是红梅的好友,她听红梅讲过关于石门坎火车站的往事。

刘小莉请她在重庆师范大学读书的高中同学帮忙,要到了马来凤的QQ号码。

第一次在QQ上聊天,红梅和来凤就互发了小时候的照片;第一次相认,她们俩就在QQ上聊了三个多小时。可是,当红梅提出要视频聊天时,却被来凤拒绝了,红梅每次发出申请,来凤都拒绝。红梅发了很多近照给来凤,可是来凤一张近照也不肯发给红梅,到后来,红梅甚至怀疑和自己聊天的人是不是马来凤了。

"姐姐,我长得丑,不好意思发照片给你,怕你看了照片后吓得晚上做噩梦。"每次红梅提出要看来凤现在的照片时,来凤就这样回答。

"姐姐,我还记得你带我去吃米线的情景,现在想起来,松藻米线真的很有特色,特别是那个煮米线的锅,就是一个锑水瓢嘛,麻辣佐料和米线放进去一起煮,太好吃了!姐姐,我最想念的是张婆婆,不知道张婆婆现在还在不在世。"

"我也不知道啊,你离开石门坎火车站的第三年,我爸爸就摔伤了腰,在松藻煤矿医院治疗了两个多月,最终还是因为腰部使不上力而放弃了装卸工的工作,我们就回到了秀山县外婆家。我就是从外婆家的县城中学考上大学的。"

"你为什么不考重庆的大学,而要舍近求远?"

"其实,我是希望在贵阳读大学时能遇见你,没想到你却考了重庆师范大学。"

"真是我的好姐姐,连想法都和我一样。你不知道,我在读大学的这一年里,跑遍了重庆的每一所大学,就是希望遇见你。你知道吗?我写这篇《温暖的火车站》,就是为了找到你,我相信你读到这篇文章后一定会来找我。"

"你的文章写得真好,情真意切,我真的被感动了。"

"你想知道我为什么要报考文学院吗?"

"为什么?"

"因为一个老师,松藻煤矿子弟校分校的綦老师。"

"綦春梅!"

"对,在松藻煤矿读书的一个多月里,我写过三篇作文，都被綦老师评为优秀作文，在作文课上评讲，有两次还是我自己朗读的。你想想，当时我有多高兴，多有成就感！关键的是，綦老师还当着全班同学的面，说我就是未来的作家。你知道这句话对我的鼓励有多大吗？我爱上写作就是从那时候开始的，而且当作家也成了我的理想。"

"所以你就报考了文学院？所以你就开始努力写作，为了实现作家梦？"

"每个人的成长都需要鼓励，是不是？老师说的话会影响学生的一生。"

随后，来凤又发给红梅几个链接，红梅点开链接一看，都是来凤的文章，其中还有一篇专门写红梅的《何时才能见到你》。来凤在文章中说："何时才能见到你？如果真能再见你，我会把天上的星星摘给你，让你成为全世界最幸福的姐姐……"

红梅感动得泪眼婆娑。

大山，峡谷，河流。

老川黔铁路穿过峡谷，峡谷中有一座小火车站，宽敞的站台上人来人往，一群温暖的叔叔阿姨，一棵古老的黄葛树，一位摆凉开水摊的婆婆，还有一位挑着担子走街串巷的糖人师傅……

这些场景都是红梅和来凤共同的回忆，是她们俩心中温暖而美好的记忆……

重聚火车站

七月的一天，骄阳似火。

川黔铁路线上，石门坎火车站。

这天，红梅和来凤分别从遵义和重庆，乘坐5630/5629次慢车回到石门坎火车站。

十年后，两个女孩重聚石门坎火车站，这里留下了她们童年的足迹。

"十年前我就站在这个站牌下，等待我爸爸来接我。有时候，我知道这样的等待是没有结果的，可我还是要痴痴地等待。"

"十年前，我第一次见到你时，你眼睛都哭肿了……"

"十年前……"

满满的回忆都停留在十年前的那个夏天。但这里的一草一木对两个女孩都是那么的亲切。

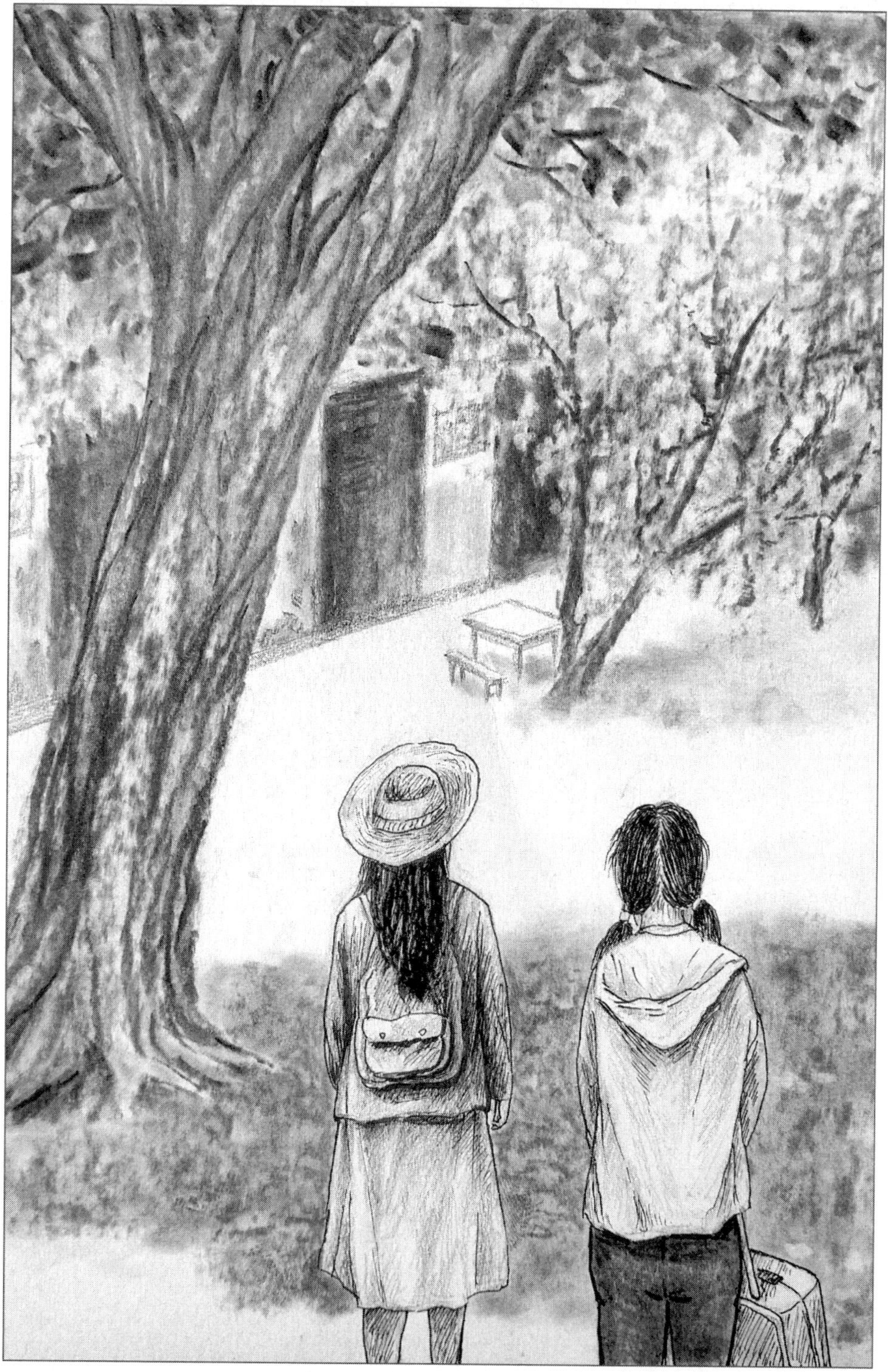

那时候,候车的乘客会到黄葛树下来乘凉,黄葛树下就是最热闹的地方。那时候,这里有洗手槽,还放了两排木椅子。

高大的黄葛树就是天然的遮阳伞,坐在黄葛树下的木椅上,映入眼帘的是青山绿水,回荡耳旁的是松坎河水的流淌声。人坐在这里,就有一种身处世外桃源的感觉。可是,眼下的木椅子已经破烂不堪,洗手槽里填满了落叶,只有这棵高大的黄葛树仍然翠色欲滴,向岁月讲述着这里曾经的繁华。

站在破旧的候车室外,红梅的思绪早已从那扇破烂的窗户穿过,她仿佛听见那个被父母遗弃的女婴,撕心裂肺的哭声。候车室是女婴获得新生的地方,二十一年前,红梅的亲生父母将出生不到一个月的她抛弃在候车室里。这个秘密在养父母心里隐藏了十八年,直到红梅考上大学,胡阿姨才把她的身世告诉了她。

"亲生父母为什么要抛弃我?他们是哪里人?都长什么模样?"红梅在心里反反复复地问自己,有几次还萌生去寻找亲生父母的想法。可是她转念一想,亲生父母抛弃她,其实就是向全世界宣告,他们已经不要这个女孩了。都过去二十一年了,也许他们早就忘记了曾经有过这样一个孩子。红梅本想把这个秘密封存在心里，可是，来到候车室，她还是情不自禁地想起了自己被抛弃的经历。

她感谢养父养母的养育之恩，感谢石门坎火车站，她在这里幸福成长，在这里得到了人间温暖。

红梅控制不住感情，悄悄地哭了。

"姐姐，你也太伤感了吧。"来凤看见红梅伤心的样子，还以为她是触景生情，为石门坎火车站的萧条而伤感呢。

红梅抹了一下眼泪，很勉强地朝来凤笑笑："没什么，触景生情而已。"

职工食堂二楼是火车站办公室，三楼是职工宿舍。这栋楼的面貌还和十年前一样，食堂门边挂着一块"对外营业"的牌子。院子虽说已经很破旧了，但院坝上、花坛里的植物仍然很茂盛，盆景里的鲜花盛开着，几只蝴蝶在花间飞舞。

十年前，红梅和来凤就喜欢盆景里的鲜花，特别是那个秋天，盆景里的菊花开得特别艳丽，就像无数个小太阳落在院子里，既耀眼又喜气。

两个女孩挨个儿看了每一间办公室，打量了每一位工作人员，没有发现熟悉的面孔。

她们向工作人员打听黄葛树下的张婆婆，可没有人知道黄葛树下有一个张婆婆，更没有人知道十年前她们俩就是这里的居民。

"十年时间说长也不长，但却可以让人老去，甚至是消失。"来凤说，"这十年来，火车站的工作人员应该都换新人了吧，这些面孔都是年轻的。像站长伯伯、王阿姨、那个爱抽叶子烟的乘警伯伯，这些老铁路人，应该早就退休或者调走了吧，谁愿意一辈子都在这个深山小站工作呢？"

寻找张婆婆

红梅牵着来凤来到黄葛树下。

黄葛树下长满了杂草和青苔,张婆婆的凉开水摊早已没有了踪影。

来凤非常失落地望着黄葛树,突然尖叫起来:"姐姐,你快看,树上那颗钉子还在,就是以前我们挂寻人启事纸牌的钉子,没想到它还钉在那里。"

红梅顺着来凤的手指看上去,真的看见了钉子,恍惚间那个寻人启事的牌子还在树干上飘摇。

"你说,张婆婆会在哪里?"来凤很想见到张婆婆,这十年来她做梦都想。离开石门坎火车站时,没能与张婆婆告别,是来凤心里最深的痛。

"姐姐,张婆婆家不就在那山上吗,我们去她家看看吧!"来凤说。

"好啊。但是都过去十年了，不知道张婆婆是不是还住在那里。"

两个女孩手牵手沿着铁路往松藻煤矿方向走，走过煤仓，凭着记忆来到张婆婆原来住的地方，眼前却是一片树林，记忆中那几座低矮潮湿的平房已经不见了。

"应该是这儿吧，应该不会错吧？"两个女孩朝前跑了几米，越往前走树木越是茂密。

"房子都没有了，张婆婆会去哪儿？"

两个女孩都站在原地不动，她们都很想念张婆婆。

"婆婆，我是来凤，我回来了，我来看你了。你不在黄葛树下，我就来你家看你了，可是你的家也没有了。张婆婆你在哪里？来凤好想你。"来凤哽咽着说，"我还想喝你的凉开水……"被来凤的情绪感染，红梅也想哭。

两个女孩带着伤感的心情离开，一路上都没怎么说话。

"还记得松藻米线吧？"红梅说，"回到松藻煤矿了，我们也该去吃一碗松藻米线，我经常想念松藻米线的味道。"

可是，记忆中的米线馆也没有了，两个女孩在煤矿中心区找了一大圈都没有发现米线馆。

"爷爷，我打听一下，哪里有米线馆？"红梅问路边一位爷爷。

"中心区都没有米线馆了，人少了，米线馆生意也不好了。"爷爷想了想，用手指着下面说，"我记得松藻大桥那边好像有家米线馆，你可以去那儿看看。"

红梅谢过爷爷，又拉着来凤下坡，跨过人行天桥来到松藻大桥。

桥头，几个小孩正围着一个卖糖人的师傅，这让红梅想起了十年前那个在石门坎火车站摆摊的糖人李伯伯，便奔过去。

卖糖人的师傅头发花白，身形瘦小。红梅走过去，正好与他的目光相遇。

"李伯伯！"红梅脱口而出，"李伯伯，你真是李伯伯！"

见爷爷狐疑地看着她，红梅又补充说："我是红梅，周红梅，石门坎火车站，黄葛树下，张婆婆……"

李伯伯恍然大悟："哎哟，是红梅啊，都长成大美女了！你现在在哪儿哟？你爸爸妈妈还好吧？"

"他们都好着呢。我现在在贵阳读大学。"红梅又急忙拉过来凤，"李伯伯，她是来凤，你认识的来凤。"

"记起来了,就是那个在黄葛树上挂起牌子,寻找爸爸妈妈的来凤吧?"李伯伯眯着眼睛打量来凤,"你们都长大了,我也老了,李伯伯要变成李爷爷了。我现在都不跑远了,就在附近摆摆摊。"

李伯伯将做好的糖人递给摊前的一个小孩,又把目光投向来凤:"闺女,今天想要个什么?李伯伯给你做一个,还是不收钱。"

红梅看着李伯伯苍老的面容,有一种说不出的感受。十年前,每次李伯伯到石门坎火车站来,张婆婆都会让李伯伯给红梅做一个孙悟空,李伯伯的担子上始终挂着张婆婆女儿小时候的照片。想到这里,红梅的目光又朝旁边的担子看过去,呀,张婆婆女儿的照片还挂在担子上。

"李伯伯,张婆婆呢?"来凤问。

李伯伯没抬头,一边做糖人一边回答:"张婆婆的女儿还是没有回石门坎火车站,我也没有帮她找到女儿。有一年张婆婆病了,病得很严重,火车站的人就把她送到煤矿医院了,病好后,就把她送到敬老院了。唉,张婆婆也怪可怜的,她的女儿十有八九是被人贩子拐卖了。这些可恶的人贩子,千刀万剐的人贩子,是他们害了张婆婆啊。"

李伯伯将做好的孙悟空递给来凤："来凤，先给你，当年听说你爸爸来火车站把你接走了，我和张婆婆都为你高兴。很长一段时间，张婆婆都念着你。"

来凤一听，心里就更难受了："我也想着张婆婆。李伯伯，你知道张婆婆在哪里的敬老院吗？"

李伯伯摇摇头："我也不知道。有一次我去石门坎火车站时，发现黄葛树下不见了张婆婆，便向火车站的人打听，才知道她的去向，可我忘了打听张婆婆到了哪里的敬老院。"

"你还一直都挂着张婆婆女儿的照片？"来凤指着担子上挂着的照片问。

"我一直都挂着，我也知道找不到了，但我和张婆婆一样，心里还抱有一线希望，万一张婆婆的女儿回石门坎火车站了，万一她就看见了这张照片呢？"李伯伯说，"这张照片从我父亲那时就挂着了，不挂上反而还不习惯，觉得缺了点什么。"

"姐姐，我想去敬老院找张婆婆。"来凤突然说，目光中透着期待。

红梅看着来凤，读懂了她此时的心情。"好吧，我们去敬老院看张婆婆。可是，张婆婆会在哪里的敬老院呢？"红梅想了想，"敬老院呢，一般都是政府为孤寡老人办的，石门坎应该是属于安稳镇吧？对，是归安稳镇管辖。那么敬老院就一定会在安稳镇上。"

来凤拉起红梅就要走："走，我们马上就去。"

"别急，别急。"李伯伯说，"还是把这个糖人带上吧。再说，我也想去看看张婆婆，如果你们不嫌弃我走得慢，我们一起去敬老院，可以吗？"

"当然可以了，这个地方你比我们熟悉。"红梅说。

从松藻煤矿坐中巴车到安稳镇，就二十分钟的路程。

三人来到安稳镇上，打听到了敬老院的地址。

敬老院的工作人员说："我们这里有八个张婆婆，不知道你们要找哪个张婆婆。"

"以前在石门坎火车站黄葛树下摆凉开水摊的张婆婆。"红梅抢先回答。

工作人员是一个扎着马尾辫的年轻女孩，听得一头雾水，说："这样吧，你们跟我一起去认一认吧。"

三人跟着女孩上楼，过道上有两位老人坐在轮椅上，面对面，却不说话。

红梅走过去，仔细打量了一下，冲着其中一位老人喊："张婆婆，我是红梅，石门坎火车站的红梅。"

来凤蹲下身，抓住张婆婆的手说："婆婆，我是来凤，我是马来凤。"

张婆婆笑了，笑呵呵地望着两个女孩。来凤发现，张婆婆目光呆滞，已经没有十年前那种机灵的眼神了。

"张婆婆，我是老李家的儿子，做糖人的李其锐。"

张婆婆有点激动，她伸了伸手，李伯伯忙伸手抓住了。

"对不起啊，张婆婆，我没有帮你打听到乐乐的下落，但是我从来没有放弃过。"

年轻女孩告诉红梅，张婆婆在这里已经住了有七年了，她的身体还可以，就是患了阿尔兹海默病。七年前因为脑出血而住院治疗，出院后就来了敬老院，是入住敬老院的第一批老人。

李伯伯下楼，摆开担子，为张婆婆做了一只糖猴子。李伯伯将糖猴子递到张婆婆面前，张婆婆露出了笑容。她伸手接过糖猴子，放在嘴边，用舌头舔了一下，然后看着他们，甜甜地笑了。